共和国故事

祥云飘飘

——北京奥运火炬在境内外接力传递

李静轩 编写

吉林出版集团股份有限公司

图书在版编目（CIP）数据

祥云飘飘：北京奥运火炬在境内外接力传递/李静轩编. —

长春：吉林出版集团股份有限公司，2010.3

（共和国故事）

ISBN 978-7-5463-2648-1

Ⅰ. ①祥… Ⅱ. ①李… Ⅲ. ①纪实文学 – 中国 – 当代 Ⅳ. ①I25

中国版本图书馆 CIP 数据核字（2010）第 045900 号

祥云飘飘——北京奥运火炬在境内外接力传递

XIANGYUN PIAOPIAO　　BEIJING AOYUN HUOJU ZAI JINGNEIWAI JIELI CHUANDI

编写　李静轩

责任编辑　祖航　息望

出版发行　吉林出版集团股份有限公司

印刷　三河市嵩川印刷有限公司

版次　2010 年 3 月第 1 版　　　2022 年 1 月第 8 次印刷

开本　710mm×1000mm　1/16　　印张　8　字数　69 千

书号　ISBN 978-7-5463-2648-1　　定价　29.80 元

社址　吉林省长春市福祉大路 5788 号

电话　0431 – 81629968

电子邮箱　tuzi8818@126.com

版权所有　翻印必究

如有印装质量问题，请寄本社退换

前　言

　　自 1949 年 10 月 1 日中华人民共和国成立至今,新中国已走过了 60 年的风雨历程。历史是一面镜子,我们可以从多视角、多侧面对其进行解读。然而有一点是可以肯定的,那就是,半个多世纪以来,在中国共产党的领导下,中国的政治、经济、军事、外交、文化、教育、科技、社会、民生等领域,都发生了深刻的变化,中国人民站起来了,中华民族已屹立于世界民族之林。

　　60 年是短暂的,但这 60 年带给中国的却是极不平凡的。60 年的神州大地经历了沧桑巨变。从开国大典到 60 年国庆盛典,从经济战线上的三大战役到经济总量居世界第三位,从对农业、手工业、资本主义工商业的三大改造到社会主义市场经济体制的基本确立,从宜将剩勇追穷寇到建立了强大的国防军,从废除一切不平等条约到独立自主的和平外交政策,从"双百"方针到体制改革后的文化事业欣欣向荣,从扫除文盲到实施科教兴国战略建设新型国家,从翻身解放到实现小康社会,凡此种种,中国人民在每个领域无不留下发展的足迹,写就不朽的诗篇。

　　60 年的时间在历史的长河中可谓沧海一粟。其间究竟发生了些什么,怎样发生的,过程怎样,结果如何,却非人人都清楚知道的。对此,亲身经历者或可鲜活如昨,但对后来者来说却可能只是一个概念，对某段历史的记忆影像或不存在，或是模糊的。基于此，为了让年轻人，特别是青少年永远铭记共和国这段不朽的历史，我们推出了这套《共和国故事》。

《共和国故事》虽为故事，但却与戏说无关，我们不过是想借助通俗、富于感染力的文字记录这段历史。在丛书的谋篇布局上，我们尽量选取各个时代具有代表性或深具普遍意义的若干事件加以叙述，使其能反映共和国发展的全景和脉络。为了使题目的设置不至于因大而空，我们着眼于每一重大历史事件的缘起、过程、结局、时间、地点、人物等，抓住点滴和些许小事，力求通透。

历史是复杂的，事态的发展因素也是多方面的。由于叙述者的视角、文化构成不同，对事件的认知或有不足，但这不会影响我们对整个历史事件的判断和思考，至于它能否清晰地表达出我们编辑这套书的本意，那只能交给读者去评判了。

这套丛书可谓是一部书写红色记忆的读物，它对于了解共和国的历史、中国共产党的英明领导和中国人民的伟大实践都是不可或缺的。同时，这套丛书又是一套普及性读物，既针对重点阅读人群，也适宜在全民中推广。相信它必将在我国开展的全民阅读活动中发挥大的作用，成为装备中小学图书馆、农家书屋、社区书屋、机关及企事业单位职工图书室、连队图书室等的重点选择对象。

编　者
2010 年 1 月

三、国内传递

目 录

一、 筹备阶段

● 2007 年 4 月 26 日晚，在北京市中华世纪坛前，隆重举行北京第二十九届奥运会火炬接力传递计划路线和火炬发布仪式。

● 北京奥组委主席刘淇在仪式上致辞说："明天，奥运圣火将带着希腊人民对中国人民的友好情谊与美好祝福，从伟大的奥林匹克运动的发源地，抵达万里长城，抵达北京。"

● 胡锦涛健步走到圣火盆前，在众人的注视下，用火炬点燃圣火盆，奥运圣火顿时熊熊燃起。

发出火炬设计邀请函

2005年12月6日，第二十九届奥林匹克运动会组织委员会面向社会征集北京2008年奥运会火炬设计作品，并发出火炬设计邀请函。邀请函中说：

奥运会火炬是北京2008年奥运会重要元素之一，是展示北京奥运会理念和中国文化的重要载体。北京奥组委衷心欢迎和邀请有志于参与北京2008年奥运会火炬设计的自然人、法人和其他组织参与本次征集活动。

2005年12月23日，北京奥组委文化活动部和北京奥科委办公室还联合主办了"北京2008奥运会火炬设计创意方案征集活动研讨会"。

北京奥组委执行副主席蒋效愚出席研讨会，还邀请了北京理工大学朱东华教授、中国航天科工集团燃烧专家叶中元研究员等专家，就火炬外观设计和工艺实现举办了专题讲座。

2006年3月，据北京奥组委官员向媒体透露，从2005年12月到2006年2月的北京2008年奥运会火炬设计方案公开征集期间，北京奥组委收到了数百份应征作品。其中，国内的应征人员来自全国各地，以及香港特别行政区和中国台湾地区，几乎覆盖了中国最优秀的设计类院校和企业，其中不乏国内设计界的大师。

与此同时，北京奥组委还收到了不少来自美国、法国、德国、匈牙利、意大利、日本、印度尼西亚、伊朗等国家的应征方案来稿，这些方案中不少都是出自国际知名设计机构、设计师之手。

很多群众对北京2008年奥运会火炬设计表现出了极大的热情和强烈的参与愿望，不少人寄来了自己设计的作品和对奥运火炬设计的建议。

最让人感动的是，新疆有一位七旬老人在孙子的陪同下，亲自来京将其应征作品交给北京奥组委，并一再表示他愿意将才华奉献给北京奥运会。

很多业余设计爱好者也都纷纷表示，他们送来作品或建议，并不是为了参加比赛或得奖，而是为了表达自己对北京奥运会的支持。

可以说，北京2008年奥运会火炬设计，不仅是全球专业设计机构的一次盛会，也是一次中国全民参与的创新设计壮举。

隆重举行火炬发布仪式

2007 年 4 月 26 日晚，北京奥组委在北京市中华世纪坛前，隆重举行北京第二十九届奥运会火炬接力传递计划路线和火炬发布仪式。

国务委员、北京奥组委第一副主席陈至立和国际奥委会第二十九届奥运会协调委员会主席维尔布鲁根共同为北京奥运会火炬揭幕。

在热切的企盼中，名为"祥云"的北京 2008 年奥运会火炬设计方案揭开了神秘的面纱。

北京 2008 年奥运会火炬"祥云"刚刚出场，就赢得了与会观众一片赞赏和喝彩之声。

北京 2008 年奥运会火炬"祥云"的设计，出自联想集团。

"祥云"火炬整体上采用了类似纸卷和画轴的这一极其富有中国特色的别致造型，将中国古代四大发明之一的纸，融入奥运火炬设计中，巧妙地表达了借奥运火炬向世界传递中国文明的美好心愿，也完美地契合了追求和平、文明、进步的奥林匹克精神。

火炬上半部分，在银色铝合金表面上，雕刻着富有中国文化特色的漆红色的"祥云升腾"的云纹。这些云纹不仅作为千年华夏文明抽象出来的符号，使整个火炬

凝聚了厚重的中国文化特色，而且给整个奥运火炬注入了几分轻盈和灵性。

火炬手把持的下半部分，则喷涂了漆红色的橡胶漆。这个沿用了数千年的中国色，烘托出一派喜庆的气氛。

据北京奥组委官员透露，北京 2008 年奥运会火炬"祥云"，不仅在工业设计上是在全球化时代传承中华文化的完美符号，契合了北京举办"人文奥运"的主题，而且在工艺实现上也运用了一系列创新科技，完美地阐释了"科技奥运"的主题，彰显了中国制造的实力。

北京奥运会火炬设计理念来自"渊源共生，和谐共融"的"祥云"，希望通过传达"天地自然，人本内在，宽容豁达"的东方精神，借祥云之势，传播祥和文化，传递东方文明。"祥云"是祥瑞之云，激情之火，友谊之炬，和谐之旅！

此外，发布仪式上还宣布了火炬接力的路线。火炬境外传递城市 19 个，境内传递城市和地区 116 个。

按照计划，境外传递原则上每天将有 80 个火炬手，每人跑 250 米，一天传递里程 20 公里左右。运行约 6 小时，并且包括起跑仪式和传递结束后的庆祝活动。

在境外传递期间，境外传递团队转场将全部采用包机方式进行。国航将提供一架空客 330 作为火炬接力运行团队包机。

火炬接力在海外城市的传递将有很多亮点，圣火会到达很多世界闻名景点，如俄罗斯圣彼得堡的冬宫、英国伦敦的大英博物馆、法国巴黎的埃菲尔铁塔、印度新德里的红堡、泰国曼谷的大皇宫、韩国首尔的仁寺洞。

境内传递期间，原则上每天将有 208 个火炬手，每人传递 200 米，一天传递里程为 40 公里到 50 公里，运行 10 到 12 小时。境内则是通过航空、铁路、公路进行 31 个省、自治区、直辖市及香港、澳门特区的转场。其中，传递城市中的许多亮点都被编制在传递路线中。

境内传递路线异彩纷呈，从中国最南三亚的天涯海角，到北国边疆；从西部边陲的帕米尔高原，到东海之滨。奥运圣火将传遍辽阔的中华大地，并抵达世界最高峰珠穆朗玛峰，最终于 2008 年 8 月 8 日到达北京奥运会开幕式会场，点燃奥运会主火炬塔。

境内火炬传递将展示我国悠久的历史文化，凸显传递路线的文化内涵。

后来由于众所周知的原因，奥运火炬传递路线有所变动。

圣火交接并护送到北京

2008 年 3 月 30 日 14 时 50 分，希腊总统卫队身穿着白衣红帽的盛装，踏着整齐沉稳的步伐，走入雅典体育场，正式启动圣火交接仪式。

希腊总统帕普利亚斯亲临圣火交接仪式现场。

在雄壮的《义勇军进行曲》奏响的时候，现场的希腊华人、华侨挥舞着手中的五星红旗，齐声高歌。希腊观众报以掌声，祝福北京。

悠扬的笛声和厚重的鼓点响起，在奥林匹亚成功完成取火重任的女祭司们手举橄榄枝，簇拥着最高女祭司缓缓走向圣火台。女祭司们分别在圣火台四角站定后，最高女祭司举起"祥云"火炬，向北而立，昂首静待圣火。

随着希腊境内传递的最后一棒火炬手、雅典奥运会女子三级跳远银牌得主德维茨出现在入口，全场响起热烈掌声。

随后，德维茨和最高女祭司对接手中火炬后，最高女祭司引燃了圣火台。随着圣火瞬间升腾，奥林匹克会歌响起。

刘淇代表北京接过奥运圣火后，一旁的护火手迅速向前，将圣火小心地移至火种灯。

北京奥组委主席刘淇在仪式上致辞说：

　　明天，奥运圣火将带着希腊人民对中国人民的友好情谊与美好祝福，从伟大的奥林匹克运动的发源地，抵达万里长城，抵达北京。我们坚信，奥林匹克精神是人类文明的结晶，奥运圣火是和平与友谊的象征，以和谐之旅为宗旨的北京奥运会火炬传递必将取得圆满成功。

希腊奥委会主席基里亚库送上了雅典对北京的祝福。他说：

　　圣火结束了在希腊境内的传递后，我们迎来了将圣火转交给中国朋友的伟大时刻。希腊怀着真挚的友情将圣火转交给中国，期待接下来的圣火全球传递能将和平友爱、相互尊重的信息和奥林匹克理想传递到全世界。

　　在过去一周中，奥运圣火从奥林匹亚到雅典行程1500多公里，途经希腊28个城镇，共有600多名火炬手参与传递，其中包括26名中国火炬手，体现了不同种族和文化的和谐交融。

　　仪式结束后，圣火乘专机于当地时间30日下午18时从雅典国际机场起飞，在31日上午到达北京首都国际机场。

天安门前启动火炬接力

2008 年 3 月 31 日 10 时，在天安门广场隆重举行北京奥运会火炬接力启动仪式。

10 时 58 分，胡锦涛、习近平在刘淇、刘延东、华建敏、陈至立、邓朴方、孙家正、林文漪等领导的陪同下，一起步入仪式现场。身穿民族服装的各族群众在两侧夹道欢迎。

出席仪式的还有中央国家机关和北京市领导、北京奥运协调机构领导等。仪式由北京市市长、北京奥组委执行主席郭金龙主持。

此外，首都各界 6000 多名干部群众代表与国际奥委会官员、希腊奥委会官员、外国驻华使节也都来到仪式现场，共享国际奥林匹克大家庭的这一盛会。

天安门广场彩旗飘扬，洋溢着一派喜庆气氛。首都文艺团体载歌载舞，群众团体表演的健身节目高潮迭起，广场成了一片欢乐的海洋。

11 时，在军乐声中，200 名仪仗队旗手高举中国国旗、国际奥委会会旗、北京奥运会会旗步入仪式现场。

11 时 5 分，全场起立，现场奏响中华人民共和国国歌、奥林匹克会歌。

中共中央政治局常委、国家副主席习近平，中共中央政治局委员、北京市委书记、北京奥组委主席刘淇分别致辞。

第二十九届奥林匹克运动会协调委员会主席维尔布鲁根，宣读了国际奥委会主席罗格的贺信。

11时40分，胡锦涛在刘淇的陪同下，迈着稳健的步伐，走上仪式台。

3名圣火护卫人员在仪式台上，用引火棒从火种灯中引出火种，点燃火炬，交给刘淇。

刘淇手持火炬缓步走到胡锦涛面前，将火炬交给胡锦涛。

胡锦涛举起点燃的火炬向在场的观众展示，现场顿时爆发出热烈的掌声和欢呼声。胡锦涛健步走到圣火盆前，在众人的注视下，用火炬点燃圣火盆，奥运圣火顿时熊熊燃起。随后，胡锦涛把火炬交给了著名运动员、火炬手代表刘翔。

11时44分，胡锦涛庄严宣布：

北京2008年奥运会火炬接力活动启动！

一时间，万羽白鸽腾空而起，五彩气球飞上蓝天，仪式现场掌声雷动，锣鼓喧天，一片欢腾。

刘翔手持火炬跑下仪式台，沿红地毯向天安门城楼跑去。

二、 国外传递

● 2008 年 4 月 2 日 12 时，68 岁的纳扎尔巴耶夫从中国驻哈萨克斯坦大使张喜云手中接过奥运火炬，迈开矫健的步伐，开始中国境外第一棒的传递。

● 在中朝友谊塔下，中国驻朝鲜大使刘晓明从朝鲜火炬手手中点燃火炬后，缓步跑到友谊塔前方，向志愿军烈士默哀致敬，之后高举火炬绕友谊塔跑了一圈，再点燃下一位火炬手的火炬。

● 北京奥运会圣火国外传递最后一站越南胡志明市的传递活动，于当地时间 29 日 20 时 20 分圆满结束。

阿拉木图拉开传递序幕

2008 年 4 月 2 日 12 时，68 岁的纳扎尔巴耶夫从中国驻哈萨克斯坦大使张喜云手中接过奥运火炬，迈开矫健的步伐，开始中国境外第一棒的传递。

北京奥运会火炬接力境外传递的序幕拉开了。

晶莹的冰面与熊熊燃烧的圣火交相辉映，现场上万观众怀着高度的热情，在场观看了这一历史时刻。

圣火的到来令阿拉木图的市民万分激动，他们早早就来到麦迪奥山滑冰场等候，由于体育场座席有限，数千名无法进场的市民只能等候在场外。

在街道上，包括中国记者在内的每一个中国人在沿途都受到了热情的欢迎，当地人只要看到中国记者经过时，便会用不太熟练的汉语高喊："北京，你好。"

一位刚上九年级的小姑娘对记者说："虽然无法进场，但在场外一样能感受到北京带来的欢乐。"

火炬接力在哈萨克斯坦冬奥会冠军弗拉基米尔·斯米尔诺夫出场时达到了顶峰。

作为第九棒火炬手，斯米尔诺夫从位于海拔 1750 米的麦迪奥大坝脚下出发，手擎熊熊燃烧的"祥云"火炬，犹如天山上的精灵般，轻盈地穿过夹道欢迎的人群，一阵阵的掌声弥漫天际。

下午，"祥云"圣火进入城区，20万当地居民涌上街头迎接圣火的到来。

中国驻哈萨克斯坦大使张喜云作为第二阶段传递的第二名火炬手出现在了人们面前。与每一个受欢迎的中国人一样，张喜云的出场同样赢得了沿途观众的掌声和欢呼声。

在接受记者采访时，张喜云说："阿拉木图被选为境外传递第一站，我替哈萨克人民高兴。哈萨克人民，沿途的一些观众，都是自愿的，都是由衷的。哈方对火炬接力组织得井井有条，而且场面非常热烈、非常友好、非常热情。"

15时，在市政府独立纪念碑广场前，火炬手2000年奥运会拳击季军穆赫塔尔汗·迪尔达贝科夫在哈萨克骑士的护送下，策马缓缓而行，手中的"祥云"火炬在阳光下，在极富游牧色彩的帐篷旁，在数千名观众的欢呼声中，放射出美丽的光彩。

后来，一位火炬接力运行团队的工作人员在传递结束后这样说："除了2004年雅典奥运会火炬接力在北京的传递，我还从来没有见过这样热烈的场面，这里的人民对圣火和奥林匹克运动的喜爱，对北京奥运会的欢迎，令我们每一个人为之深深感动。"

只有130万人口的城市，却有20万人涌上街头迎接圣火，奥林匹克运动的魅力在这一刻得到了最好的诠释。

火炬传递横跨欧亚大陆

2008 年 4 月 3 日，在著名的圣索菲亚教堂广场，举行火炬接力的起跑仪式。

北京奥组委执行副主席蒋效愚将点燃的火炬交到土耳其奥委会主席巴亚特勒手中，巴亚特勒展示火炬后将其交给第一名火炬手图巴·卡拉德米尔小姐手中。

14 时 35 分，火炬接力开始，约一个小时后，前 30 名火炬手完成第一部分在欧洲一侧长 7.2 公里的接力。

15 时 35 分左右，第三十一名到第三十六名火炬手由火炬护跑手陪同，在博斯普鲁斯海峡大桥下面的欧塔阔伊码头登上一艘游船，开始第二部分长 1.2 公里的"海路"传递。

6 名火炬手在驶向亚洲一侧的游船上进行接力。在游船横跨博斯普鲁斯海峡并停靠在亚洲一侧的贝勒贝伊码头后，北京奥运火炬实现了从欧洲到亚洲的"海路"跨洲传递。在抵达亚洲一侧后，本次火炬接力活动进行了短暂休整。

约 17 时 20 分，第三十七名火炬手跑上了全长 1560 米的欧洲第一大吊桥博斯普鲁斯海峡大桥，开始第三部分剩余 10 公里的接力。

其中，包括中国驻土耳其大使孙国祥和中国驻伊斯坦布尔总领事张志良在内的 7 名火炬手共同完成横跨大桥，重返欧洲大陆的接力，耗时 17 分钟。

伊斯坦布尔站火炬手包括土耳其当地艺术界、体育界名人。跑最后一棒的是土耳其著名举重运动员、雅典奥运会男子 77 公斤级金牌得主 23 岁的塔内尔·萨格尔。

在数千名观众的掌声和喝彩声中，萨格尔面带笑容缓步跑进伊斯坦布尔市中心的塔克希姆广场，并点燃奥运圣火盆，标志着北京奥运会火炬在伊斯坦布尔的传递活动圆满结束。

这天火炬传递结束之后，北京奥组委火炬接力中心新闻发言人曲莹璞说：

> 今天的火炬接力取得了圆满的成功，沿途受到了当地民众热烈的欢迎。土耳其政府、伊斯坦布尔政府、土耳其奥委会、中国驻土耳其使领馆对圣火传递活动进行了细致周密的安排，确保了火炬传递安全有序地进行。阿拉木图和伊斯坦布尔这两站接力活动取得了良好的开局，相信以后的传递活动能够继续取得成功。

此外，土耳其奥申委主席阿克索伊在接受记者采访时说，该国 4 次申办奥运会均告失败，其中在 2001 年败给北京……因此他也希望，北京奥运会能办得更加出色。

火炬在圣彼得堡传递

2008 年 4 月 5 日 10 时，北京奥运圣火在俄罗斯圣彼得堡进行了境外的第三站传递。

圣彼得堡阳光灿烂，彩旗飘扬，洋溢着节日的气氛，热情的圣彼得堡市民走上街头，欢迎圣火来到这座体育之城。奥运圣火在这里的传递路程为 20 公里。

圣彼得堡位于波罗的海芬兰湾东端的涅瓦河三角洲，是座与威尼斯齐名的水城。

这天举行的火炬接力传递，80 名火炬手中就有 60 名是奥运会冠军或世界冠军。

11 时，来自北京的奥运圣火，在圣彼得堡市南部的胜利广场点燃。

在圣彼得堡胜利广场的长明火前，苏联第一位奥运会冠军泽比娜手持熊熊燃烧的北京奥运会"祥云"火炬，在长明火前默哀 30 秒钟，向在二战期间被纳粹德国围困 900 天而献出生命的先烈们致敬。

从胜利广场出发，火炬手们高举着奥运圣火，途经莫斯科凯旋门、市议会广场、青铜骑士彼得大帝像、涅瓦河、彼得要塞、"阿芙乐尔号"巡洋舰……圣火最终来到冬宫广场。

在火炬传递过程中，有不少中国留学生前来观看，在圣

彼得堡大学留学的黄安武和同学早早就到了火炬传递的起点胜利广场。他们说："我们9点多就到了，天还挺冷的，但是很多老人和小孩比我们还早，在路边排队等着，我们好不容易才挤到了前面。"然而，他们乘坐地铁赶到的时候仪式已经结束了。他说："我们现在就要去宫殿广场等着，希望能占个好位子，因为人太多了，怕晚了会进不去。"

正在圣彼得堡的"波罗的海明珠"紧张施工的中方工作人员也赶到了现场。一名来自上海建工的工作人员说："在他乡能够看到北京奥运会的火炬，作为中国人，我感到非常自豪。尤其是当我们的车开过，沿路的俄罗斯人看到我们的中国国旗，都向我们挥手欢呼时，这种感受就更强烈了。"

在圣火传递途中，一个俄罗斯大汉掀开衬衣，指了指胸口的位置，然后用手比画着心脏跳动的动作。他是在用手势告诉来自中国的朋友，圣火的到来令他激动万分，心跳加快。

奥运圣火在这里受到了空前的欢迎，沿途迎接圣火的当地居民达70万人之多。

在庆典仪式上，北京奥组委执行副主席蒋效愚说："圣彼得堡美丽的风光、组织者出色的能力、俄罗斯人民对奥运圣火的热情和对中国人民的美好情谊，给我们留下了深刻而美好的印象。中俄两国人民拥有长期的传统的友好关系，今天的奥运圣火接力活动把我们两国人民更加紧密地联系在一起。"

国外传递

伦敦瑞雪纷飞迎火炬

2008 年 4 月 6 日，伦敦瑞雪纷飞，北京奥运会火炬接力活动，在这里进行得红红火火。

上午，起跑仪式在著名的温布利体育场举行。圣火护卫手用火种灯引燃了火炬。曾连续 5 届奥运会夺金的传奇选手、伦敦第一棒火炬手雷德克雷夫接过火炬。北京奥运火炬接力在伦敦的传递正式开始。

伦敦的传递活动是本次圣火境外传递中路线最长、传递时间也最长的一站。传递活动途经大理石拱门、海德公园、唐宁街 10 号、唐人街、大英博物馆、圣保罗大教堂、伦敦塔桥等著名景点，最后抵达千年穹顶外的半岛广场，举行庆典仪式。

整个线路长约 50 公里，用时约 7 小时 30 分钟，共有 80 名火炬手参加传递，其中包括中国驻英国大使傅莹等 4 名中国火炬手。

英国政府和伦敦市对传递活动非常重视。第三十四名火炬手、女子七项全能奥运冠军丹尼斯·路易斯和第三十五名火炬手、残疾人贾瓦德在唐宁街 10 号首相府前交接火炬。

当路易斯手持火炬，脸上带着自豪的笑容向首相府跑来时，等候在首相府门口的布朗亲切地同她握手。随后，路易斯和贾瓦德在火炬护卫手的帮助下，一起将火炬插入轮椅扶手上特制的火炬支架里，顺利完成交接。

布朗微笑着见证了火炬交接，而两边旁观的人群欢呼声、掌声再次响起，还有不少儿童手中挥舞着英国、中国及其他多个国家的国旗。

傅莹的火炬传递在唐人街进行。唐人街张灯结彩，彩旗飘飘，当身穿红白相间火炬手服装的傅莹手持火炬跑来时，夹道欢迎的人群发出雷鸣般的掌声和欢呼声。

傅莹兴奋地说：

中国人来英国生活的历史很悠久，我对他们欢迎圣火的热情深表敬意，今天对伦敦和北京都是很重要的日子。这里的华人华侨用他们的行动表明：他们希望奥运会能给世界带来和平、祥和。我很高兴看到这么多人来欢迎圣火，满街都是笑脸，有些是老人和孩子。他们都走上街头表达对圣火的热爱。中国人有瑞雪兆丰年的说法，今天下雪昭示着北京奥运会将有好运。

伦敦火炬接力传递最后的庆典仪式在千年穹顶外的半岛广场举行，国际奥委会英国委员安妮公主出席了庆典仪式。

火炬在巴黎传递

2008 年 4 月 7 日，北京奥运火炬接力境外第五站的传递在法国巴黎举行。

12 时 30 分，火炬接力的起跑仪式在巴黎埃菲尔铁塔二层的埃菲尔厅举行。

北京奥运会火炬接力运行团队总指挥、北京奥组委执行副主席蒋效愚从圣火护卫手中接过点燃的火炬。他在现场进行展示之后，交给了巴黎市政府代表。

之后，火炬递到了第一棒火炬手、前世界田径冠军史·迪亚加纳的手中。迪亚加纳手持火炬跑下埃菲尔铁塔，北京奥运会火炬接力巴黎站的传递开始了。

在起跑仪式现场，法国前总理拉法兰接受了记者的采访。他说：

> 奥运会火炬接力让全世界都沐浴在奥林匹克理想的光辉下，奥运会是各国运动员促进交流、友谊的盛会。这个世界我们彼此之间存在异同，奥运会能让我们进一步求同存异。

这是迪亚加纳继 2004 年雅典奥运会后第二次跑火炬接力。他说："能成为第一棒火炬手，我感到非常荣幸。

奥运火炬点燃了人们对奥运会的期望。奥运会是有关分享、和平和不同种族人们之间互相尊重的盛会。"

奥运火炬在塞纳河畔和香榭丽舍大街传递时，受到当地人民的欢迎。

最后，火炬来到夏勒蒂体育场。在庆典结束仪式上，蒋效愚发表了讲话：

> 今天我们高擎奥运圣火来到巴黎，目的是传播奥林匹克精神，传达中国运动员和人民对奥林匹克运动的热爱，和对现代奥林匹克运动之父——顾拜旦先生和他的思想的尊重。21世纪的今天，我们和你们以及一切热爱奥林匹克运动的人们共同的责任，是维护奥运圣火的尊严和神圣，维护和平、友谊与进步的奥林匹克宗旨。我们要告诉大家的是：中国人民愿与各国人民一起，为建设一个持久和平、共同繁荣的和谐世界而努力。

旧金山改变传递路线

2008 年 4 月 9 日上午，晴空万里，旧金山中国湾广场飘扬着无数面中国国旗、美国国旗和北京奥运火炬接力标志旗帜，奥运火炬传递起跑仪式在这里举行。

当地上万名居民、华侨、华人及留学生早早就来到起跑仪式现场，等候观看起跑仪式。

13 时 15 分，北京奥组委官员柳纪纲携圣火护卫人员将圣火火种带到仪式现场，现场所有观众爆发出雷鸣般的掌声和欢呼声。

13 时 20 分，第一棒火炬手中国游泳奥运冠军林莉在起点麦科维湾从美国奥委会官员手中接过火炬，开始了这天的传递。后来，林莉说："跑第一棒让我觉得自豪，旧金山华人的热情让我感动。"林莉的丈夫也来到了现场，为火炬传递助威。

从第二棒开始，旧金山市政府为了确保火炬传递及火炬手的安全和尊严，改变了传递线路。北京奥运会火炬接力运行团队尊重这一决定，并感谢旧金山人民，特别是美国华人华侨对北京奥运火炬接力的支持。

虽然在起跑后旧金山市政府临时更改了传递路线，但圣火在传递沿途仍然受到了当地群众和华人华侨的热烈欢迎。

16 时 30 分左右，传递活动的庆典活动在旧金山机场举行。

旧金山市市长说："为了保护火炬手和火炬的安全，我们作了路线的调整，我要感谢所有相关方面的配合。我要说的是，今天的传递活动是顺利和安全的。"

北京奥组委火炬接力中心新闻发言人曲莹璞说：

奥运火炬接力在旧金山的传递非常成功，很多华人华侨从北美各地赶来支持圣火的传递，不少人为了亲眼看见圣火而彻夜未眠。但由于传递线路的改变，不少人没能实现他们的愿望，不过我们已经感受到了他们对祖国、对奥运的热情。我们会带着他们的热情继续传递奥运梦想，并尽一切努力举办一届成功的奥运会，以答谢他们的支持。

中国驻美国大使周文重说："今天的传递，旧金山湾区的居民、华侨、华人和留学生们让中国人民、世界人民感受到了他们的热情。火炬接力沿途，他们以最大的热情欢迎圣火，有很多人甚至在昨天夜里就开始等候在传递沿途。"

火炬到达布宜诺斯艾利斯

2008年4月11日14时35分，北京奥运会火炬境外传递在布宜诺斯艾利斯，从马德罗港的生态公园起跑。

在两个小时前，庆祝火炬传递的文艺演出就已正式开始，艺术家们为现场观众献上了颇具阿根廷特色的探戈表演。

在火炬传递的起点，聚集了上千名布宜诺斯艾利斯市民和当地华人、华侨，他们高举中阿两国国旗和印有火炬传递标志的旗帜，以及"祝北京奥运会圆满成功""北京奥运，百年梦圆""祖国昌盛，民族团结"等巨型横幅，表达对北京奥运圣火到来的热烈欢迎。

会场四周，中华民族传统的舞龙舞狮也吸引了很多阿根廷民众的目光。

14时15分，仪仗队奏响中阿两国国歌。阿根廷奥委会第一副主席阿利西亚·莫雷亚女士发表讲话，对奥运圣火从北京穿越半个地球，来到遥远的布宜诺斯艾利斯表示热烈欢迎，并祝愿这一传递和平与友谊的激情之旅取得圆满成功。

14时33分，北京市副市长、北京奥组委执行副主席刘敬民将从火种灯中点燃的火炬交给布宜诺斯艾利斯市市长毛里西奥·马克里。

阿根廷帆船名将卡洛斯·埃斯皮诺拉从马克里手中接过火炬，向欢呼的人群挥手致意，开始了第一棒的传递。埃斯皮诺拉在跑完火炬接力后接受记者采访时说，自己"侥幸"获得了首棒火炬手的殊荣，感到非常高兴。他说："奥运火炬代表的是和平、公正和友谊，能够在自己的祖国阿根廷传递奥运火炬，是人生一大幸事……希望担任第一棒火炬手的好运能帮助他在北京奥运会上实现夺金梦想。"

第二棒的传递由阿根廷女子曲棍球运动员玛格达莱娜·艾塞加完成。

在火炬传递沿线，道路两边的民众也纷纷用热烈的掌声和欢呼声迎接火炬的到来。

阿根廷著名女子网球运动员萨巴蒂尼担任最后一棒。火炬手萨巴蒂尼高举火炬，在数千名观众热烈的掌声和欢呼声中，缓步跑入跑马场，并点燃奥运圣火盆。

北京奥组委执行副主席刘敬民在致辞中表示，布宜诺斯艾利斯是北京奥运会火炬接力的第七站，同时也是南美的唯一传递北京奥运会圣火的城市，很高兴北京奥运会圣火能到这里来传播奥林匹克精神，奥运圣火同时带来了中国人民对阿根廷人民的友谊和祝福。

经过两个多小时的传递，接力于当地时间17时15分结束。整个火炬传递过程非常顺利。

达累斯萨拉姆迎来圣火

2008 年 4 月 13 日 14 时 15 分，在骄阳似火的达累斯萨拉姆，北京奥运会火炬接力的第一棒在欢呼声中起跑。

达累斯萨拉姆是北京奥运会火炬接力在非洲大陆唯一的传递城市。本站传递起点的坦赞铁路车站，是中坦两国人民友好情谊的象征。达累斯萨拉姆是坦赞铁路的起点，这条由中国援建的铁路自 1970 年 10 月破土动工，历时 4 年多，于 1976 年正式投入运营。

将达累斯萨拉姆站圣火传递的起点设在坦赞铁路起点，充分体现了坦桑尼亚人民对中国人民的友好，对北京奥运会和奥运圣火的欢迎。

传递开始前，下了一场暴雨，但就在起跑仪式开始时，天空放晴，阳光普照。记者们说："老天爷都在保佑北京圣火，老天爷都想让非洲人民一睹圣火风采。"

14 时 10 分，北京市副市长、北京奥组委执行副主席刘敬民从圣火护卫手中接过点燃的第一支火炬，并将它交给了坦桑尼亚副总统谢因。

谢因高举着圣火缓缓走下主席台，将这支象征着和平与友谊，象征着中坦两国友好情谊的火炬交到了坦桑尼亚国务部长卡提布手中。现场上千名当地群众爆发出雷鸣般的掌声。

北京奥运圣火在传递沿途受到当地群众热情欢迎。这里的人民与这里的阳光一样火热，他们挥舞着旗帜，追随着圣火奔跑，他们用生硬的汉语高喊"北京加油"。

在传递车队的最前方，一群可爱的非洲儿童飞奔而来，他们俨然成了运行车队的先导。道路两旁的非洲舞者们跟随着圣火的跳动，跳起了充满质朴奔放的非洲舞蹈。圣火所过之处，成了欢乐的海洋。少年、妇女、老人，他们成群结队，蹚过雨后的积水，继续享受着奥运圣火给他们带来的激情。

这样的场面，让北京奥组委火炬中心新闻发言人曲莹璞感慨万千，他说："非洲人民对圣火的热爱和对北京奥运会的欢迎感动了运行团队的每一个人，圣火的激情在他们身上得到了最好的体现。"

最后一名火炬手安娜·提巴吉卡在点燃圣火盆后说，成为北京奥运会火炬手非常荣幸。她这天的传递不仅将把奥林匹克精神和欢乐带给达累斯萨拉姆的市民，更是要带给整个非洲的人民。

刘敬民在庆典仪式上的致辞中表示：

> 来到达累斯萨拉姆，我们再次深刻感受到了坦桑尼亚人民对奥林匹克理想的热情，也感受到了中国和坦桑尼亚人民之间经受历史考验的深厚友谊。

在马斯喀特完美的传递

2008 年 4 月 14 日 17 时，在陈列"苏哈尔号"仿古木制帆船的布斯坦宫饭店环岛，举行北京奥运圣火起跑仪式。

1200 年前，一位阿拉伯航海家驾驶"苏哈尔号"历尽千辛万苦到达中国广州。在起跑仪式上，这艘"苏哈尔号"木船正是那艘老"苏哈尔号"的仿制品。因此，奥运圣火在见证两国人民友谊的"苏哈尔号"旁开始传递，具有特别意义。

阿曼首都马斯喀特是境外传递的第九站，数万名当地居民顶着炎炎烈日，夹道欢迎奥运圣火首次来到中东海湾。

第一棒火炬手是苏丹卡布斯的顾问希哈巴·本·塔里卡。他高擎火炬慢跑，围观人群迸发出热烈的掌声和欢呼声。

起跑 20 分钟后，圣火来到马斯喀特老城。老城依山傍海，当火炬穿越老城时，上百名小姑娘身穿阿拉伯传统服装，手挥各色旗帜站在街道两旁，欢呼着圣火的到来。

17 时 50 分，天色渐暗，圣火通过著名的马斯喀特门，这是一座中世纪的城门。随后，圣火西行大约一公里，穿越一个山口，来到马托拉集市。集市已有千年历史，现在仍保留着古老的风貌，充满浓郁的阿拉伯风情。圣火运行团队在附近的海边进行了短暂休息。

18时40分，马斯喀特天色已黑，传递重新开始。这是北京奥运圣火第一次进行夜间传递。大街上人群更加稠密，热情的阿拉伯青年身穿白色长袍、脚着拖鞋跟随圣火奔跑。大街旁边，一群华人、华侨、阿拉伯人和在当地居住的印度人拉起一个长长的横幅，上面写着："同一个世界，同一个梦想。"有些当地人还不断向运行车队竖起大拇指，高喊："好运，中国！"

完美的传递让北京奥组委火炬接力中心发言人曲莹璞非常满意。他说："当地组委会工作出色。尽管天气炎热，我们团队尊重当地习俗，无论男女全都穿上长衣长裤，这也体现了互相尊重的奥林匹克精神。"

20时30分，经过80名火炬手长达3小时30分、大约20公里的手手传递，最后一名火炬手跑进庆典仪式现场。庆典现场燃放了美丽的烟火，庆祝传递取得圆满成功。

伊斯兰堡举行传递庆典

2008 年 4 月 16 日 17 时，巴基斯坦曲棍球队前队长、世界冠军义夫拉·汗，从巴基斯坦总统穆沙拉夫和总理吉拉尼两人手中接过"祥云"火炬，开始在巴基斯坦首都伊斯兰堡的第一棒传递。

义夫拉·汗说："今天对于我来说是非常重要的一天，能够成为北京奥运会的火炬手，是我的荣幸。我希望北京好运，能够在今年夏天举办一届出色的奥运会。"

中国驻巴基斯坦大使罗照辉，作为第二棒火炬手进行了传递。巴基斯坦体育中心点火台附近，聚集了数百名华人华侨。还有不少华人华侨在等着圣火到来。

对此，华人华侨协会负责人贾正华说："奥运圣火到达伊斯兰堡，当地华人把今天当节日一样对待。"

18 时 5 分，曾多次夺得壁球世界冠军的巴基斯坦著名运动员杰汉吉尔·汗手持火炬跑完最后一棒，北京奥运圣火在巴基斯坦首都伊斯兰堡的传递顺利结束。

杰汉吉尔·汗后来对记者说："北京奥运圣火在伊斯兰堡传递，我跑最后一棒，对我来说是莫大的荣誉。众所周知，壁球选手无法参加奥运会。所以对于我来说，能够出任火炬手，并担任最后一棒，就好像冲过了终点线，获得了奥运冠军。"

65 名火炬手围绕伊斯兰堡东南部的巴基斯坦体育中心传递圣火，圣火传递了大约 1 小时 5 分钟。

庆典仪式上，中巴两国艺术家表演了节目。巴基斯坦体育中心广场燃起了耀眼礼花，绚丽礼花点亮了夜空。

巴基斯坦总统穆沙拉夫和总理吉拉尼两人出席了庆典仪式。穆沙拉夫在庆典仪式上致辞说：

我们在伊斯兰堡，分享了北京主办奥运会的莫大荣誉。我希望我们最亲近的中国人民知道，我们和你们站在一起，支持你们举办这一辉煌的盛会。

北京奥组委执行副主席蒋效愚在仪式上致辞说：

伊斯兰堡美丽的风光，组织者的出色能力，巴基斯坦人民对奥运圣火的热情和对中国人民的友好情感，给我们留下了深刻而美好的印象。中巴两国和人民有着长期传统的友好关系，21 世纪的今天，我们两国更是全天候的朋友。今天，奥运圣火的传递活动，把我们两国人民更加紧密地联结在一起。

新德里制定措施保传递

2008 年 4 月 17 日，在印度总统府前的大道上，举行北京奥运会火炬接力启动仪式。

新德里是北京奥运会圣火境外传递的第十一站。火炬接力运行团队总指挥、北京奥组委执行副主席蒋效愚，将火炬交到德里邦邦长特·汗拿手中。

汗拿随即将火炬交给第一棒火炬手、印度奥委会主席卡尔曼迪。卡尔曼迪在跑完自己的一棒后，把火炬交给了第二棒火炬手米·辛格。第三棒则由中国驻印度大使张炎来跑。

在跑完第一棒后，卡尔曼迪对新华社记者说：

今天的火炬传递一定非常成功。奥运精神只有一个，全世界要共同维护。

火炬传递当天新德里的气温高达 35 摄氏度，但许多印度人还是对火炬传递活动非常关注。新德里大学历史系学生阿米特大清早专门来拉杰大街附近等候火炬传递。

参加火炬传递的印度田径选手安琼·鲍比·乔治称自己是"印度最幸福的女人"，因为她不仅能参加火炬接力，还能参加北京奥运会。

另外，还有年龄最大的火炬手 82 岁的南迪·辛格，他曾在 1948 和 1952 年两届奥运会上获得曲棍球金牌。他说："奥运会期盼世界和平的宗旨不会变，公平竞争的体育精神也不会变。"他希望奥运精神在北京发扬光大。

参加火炬接力的除了体育界人士，还有印度电影明星塞夫·阿里·汗。

在传递过程中，400 多名华人、华侨专程赶来为火炬传递舞狮助兴。当火炬顺利抵达印度门时，现场观众高声欢呼，火炬传递成功结束，70 名火炬手参加了传递。

为了保证圣火传递安全、顺利进行，印度官方当天对拉杰大街进行了交通管制。从 10 时 30 分开始，新德里市中心的拉杰大街两边部署了许多警察。

印度政府高级官员披露，印度采取三项安保措施，以保证奥运圣火传递绝对安全举行。

这三项措施是：17 日 13 时至 18 时，在举行圣火传递的拉杰大街及其周围地区，实行戒严，对进入拉杰大街的人员，采取检查机制，在最内层的街道两边部署了 1.5 万名警察；拉杰大街两边的所有建筑物的门窗在此时段必须全部关闭；任何原定在拉杰大街及其周围地区举行的官方会议，都必须改期。

下午，在印度新德里进行的传递活动顺利结束。17 日晚，北京奥运圣火乘专机飞赴泰国首都曼谷。

火炬在曼谷的和谐之旅

2008 年 4 月 19 日，北京奥运会火炬传递活动在曼谷举行。火炬从唐人街中国门出发后首先进入唐人街。

曼谷唐人街已经有 200 多年的历史，也是城区最繁华的商业区，到处可以看见中文的招牌，经营者几乎都是华人华侨。火炬在唐人街受到了当地华人、华侨的热烈欢迎。人们舞动着五星红旗在路边为北京奥运圣火加油助威。

火炬经过玛哈猜路、石隆军路，穿过唐人街区进入沙南猜路。路左侧是曼谷的标志性建筑大王宫。

第二十四名火炬手经过了曼谷著名的皇家田广场。皇家田广场是曼谷市最大的广场，每年春耕季节，王室都在这里举行春耕仪式，祈求国泰民安、风调雨顺。

在皇家田广场传递前，当地华人举行了盛大的欢迎庆祝活动。

自第四十九名火炬手开始，圣火环绕泰国普密蓬国王的王宫集拉达宫一周，经过曼谷动物园，进入传递活动的终点五世王纪念广场，在这里举行盛大的庆典仪式。

18 时 10 分，北京奥运会圣火结束了境外传递第十二站在泰国曼谷的传递。

泰国奥委会主席育塔萨在庆典仪式上致辞：

中泰两国世代友好，今天北京奥运会的圣火来到曼谷，泰国人民感到极大的荣耀。今天的传递活动，将极大地促进泰国人民的热情，让更多的人参与到体育运动中来，亲身体会奥林匹克精神。

一位泰国籍国际奥委会委员也在仪式上代表国际奥委会主席罗格致辞。

北京奥组委执行副主席蒋效愚在庆典仪式上表示，曼谷市是北京奥运会火炬接力"和谐之旅"的第十二站。今天我们高擎奥运火炬来到曼谷，目的是传播奥林匹克精神，传达中国人民对泰国人民的友好情谊。北京奥运会是全世界运动员的盛会，是全世界人民的盛会。北京奥组委一直秉承"绿色奥运、科技奥运、人文奥运"理念，坚持"同一个世界，同一个梦想"的主题，要把第二十九届奥运会办成一届"有特色、高水平"的运动会。

在结束曼谷站的传递后，北京奥运会圣火在当地时间 19 日 23 时，起飞前往境外传递的第十三站马来西亚吉隆坡进行传递。

吉隆坡传递点燃激情

2008 年 4 月 21 日，在吉隆坡独立广场，举行北京奥运会火炬接力启动仪式。

火炬传递活动从吉隆坡独立广场出发，经国会大厦、国家博物馆、独立广场，期间北京奥运圣火还在吉隆坡电视塔进行了展示。

16 时 50 分左右，吉隆坡突降大雨，但火炬传递工作仍然在持续进行。数千名当地华人、华侨、中国留学生、中资机构代表和吉隆坡市民在雨中为北京奥运圣火加油。

最后，到达吉隆坡标志性建筑之一的双峰塔广场，举行庆典仪式。最后一棒火炬手马来西亚前国家元首苏丹阿兹兰沙点燃圣火盆。庆典仪式上，中马艺术家表演了丰富多彩的节目。

马来西亚奥委会副主席苏立致辞说：

北京奥运会圣火今天在马来西亚吉隆坡顺利传递，点燃了马来西亚人民的奥运热情。将极大地促进奥林匹克精神在马来西亚的深入传播，将激发人们了解奥林匹克运动、参与奥林匹克运动的热情。马来西亚奥运理事会将积极组建强大的代表团到北京参赛，并力争在北京奥运会的比赛中取得好成绩。

苏立最后祝愿北京奥运会圣火传递顺利进行，祝福北京奥运会圆满成功。随后，吉隆坡市市长哈金致辞说：

> 吉隆坡非常荣幸能够被北京奥组委确定为境外火炬传递的一站。今天对于全吉隆坡市民来说是一个节日，也是一种荣耀。马来西亚自1964年后第二次迎来了奥运会的圣火。圣火点燃了人们的激情，传递着人们的梦想。吉隆坡人民将共同祝愿世界各国和地区运动员能够在北京奥运会的比赛中创造好成绩。

北京奥组委执行副主席蒋效愚致辞说，中马两国是亲密邻邦，两国千百年来和睦相处结下了友谊，北京奥运圣火能在吉隆坡传递，中马两国人民都万分自豪。北京奥运会火炬接力的主题是"和谐之旅"，我们高擎着奥运圣火，把和平、友谊、合作与进步的人类共同理想带到了世界各地，把中国人民愿与世界各国人民共建美好家园、共建世界持久和平、共建繁荣美好明天的愿望带到了世界各地。这次火炬传递活动将更加深入地促进中马两国在各方面的合作，为两国人民的深入交往搭建平台。

23时，北京奥运会圣火起程前往境外传递的第十四站印度尼西亚首都雅加达。

雅加达传递圆满成功

2008 年 4 月 22 日，北京奥运会圣火传递活动在印度尼西亚雅加达举行。

雅加达站的火炬传递活动在印度尼西亚著名的苏加诺体育中心进行，中国留学生沿途欢迎奥运圣火。

印度西尼亚著名羽毛球运动员陶菲克，羽坛宿将魏仁芳、王莲香夫妇等也参加了火炬传递活动。80 名火炬手手手相传奥运圣火结束了约 7 公里的行程。

北京奥运会境外火炬传递第十四站印度尼西亚雅加达站的传递，在当天 16 时圆满结束。

印度尼西亚奥委会主席莉达代表国际奥委会主席罗格致辞。莉达还用汉语祝福北京奥运会"圆满成功，中印尼友谊万古长青"。

印度尼西亚青年体育部部长穆尔延托在致辞中表示：

> 印度尼西亚人民热情地欢迎北京奥运圣火的到来，今天全雅加达人民通过各种方式观看了北京奥运会的圣火传递，这将极大地促进奥林匹克运动在印度尼西亚国民之间的深入发展，激励更多的青少年加入体育运动中来，有助于培养出更多的运动员。

北京奥组委执行副主席蒋效愚表示，对印度尼西亚方面在北京奥运会火炬接力活动中进行的辛勤工作表示感谢。

蒋效愚指出：

中国和印度尼西亚两国世代友好，今天北京奥运会的圣火在雅加达传递受到了印度尼西亚人民的热烈欢迎。北京奥运会将于8月8日开幕，中国邀请印度尼西亚人民到北京观看奥运会，预祝印度尼西亚运动员在北京奥运会的比赛中取得更好的成绩。

在结束印度尼西亚雅加达站的火炬传递之后，北京奥运圣火将于当地时间22时起飞前往境外传递的第十五站澳大利亚首都堪培拉。

堪培拉见证历史时刻

2008 年 4 月 24 日，澳大利亚首都堪培拉和解广场，迎来北京奥运堪培拉站的火炬传递活动。

从 7 时起，就有大批从全澳各地赶来的华侨华人聚集在这里。他们有的是开夜车从悉尼等地赶来，有的是乘飞机从珀斯、阿得雷德等地赶来。8 时 30 分左右仪式开始时，粗略估计有七八千名华侨、华人从三个方向把仪式现场围住，与堪培拉当地市民一起见证这一历史时刻。他们挥舞着国旗、打着写有支持奥运等内容的横幅，一遍又一遍地唱着中国国歌，整个广场红旗飘飘，成了欢乐的海洋。

脸上贴着小国旗、正在澳大利亚国立大学留学的张同学和女友一大早从位于堪培拉郊区的住所来到现场，他指着手上的照相机说："今天太让我感动了，我拍了许多照片，回去以后要在大学里办一个图片展，发动全校同学都支持北京奥运。"

传递活动从和解广场开始，经过在格里芬湖的水上传递后，再经过澳大利亚国会大厦、战争博物馆，最终到达庆典仪式现场舞台，全长近 17 公里。

这天共有数万名当地华人、华侨、中资机构代表、中国留学生到现场为北京奥运会圣火加油助威。他们最远的来自珀斯、霍巴特、新西兰等地。

最后，火炬手澳大利亚泳坛名将索普高举火炬进入庆典仪式现场，当点燃圣火盆的时候，现场气氛达到了高潮。

澳大利亚奥委会主席考茨首先致辞说：

> 北京奥运会圣火今天在堪培拉成功传递，展示了澳大利亚人民的热情。圣火照亮了堪培拉的每一个角落，每一个市民都感受到了它的温暖。

澳大利亚籍国际奥委会委员、国家奥委会协调委员会副主席凯文·高斯帕代表国际奥委会致辞：

> 今天是堪培拉的节日，今天是澳大利亚的节日，全澳大利亚人民和所有热爱奥林匹克运动的人们都万分荣幸地迎接北京奥运会的圣火在堪培拉进行传递。奥林匹克圣火传递了奥林匹克精神、奥林匹克文化和奥林匹克理念。预祝北京奥运会的圣火传递顺利，北京奥运会圆满成功。

北京奥组委执行副主席蒋效愚在致辞中说：

今天我们高擎着北京奥运圣火来到澳大利亚堪培拉是传扬奥林匹克精神，传播友谊和梦想的。今天圣火在堪培拉成功传递展示了澳大利亚人民的热情。北京奥组委有信心举办一届"有特色、高水平"的奥运会，预祝澳大利亚运动员在北京奥运会的比赛中取得优异的成绩。

长野圣火传递热情不减

2008 年 4 月 26 日，北京奥运会圣火传递活动在日本长野举行。

传递活动以向日葵公园为起点，途中经过日本 1998 年长野冬奥会速度滑冰馆、冰球馆最终抵达若里公园。

尽管火炬传递过程中下起了雨，但现场的中国留学生和华人、华侨热情不减，以歌唱祖国的歌声和为奥运加油的口号表达着他们对祖国和奥运的美好祝愿。

日本棒球队主教练星野仙一、日本著名游泳运动员北岛康介、日本著名乒乓球运动员福原爱、日本著名马拉松运动员野口等 80 名火炬手参加了这天的传递活动。

12 时 30 分左右，雅典奥运会女子马拉松金牌得主、日本运动员野口瑞希手持奥运火炬"祥云"，抵达位于若里公园的奥运火炬传递长野站终点，聚集在附近的观众发出热烈的掌声和欢呼声。

在若里公园举行了庆祝圣火传递完成仪式。野口瑞希用火炬点燃了圣火盆，宣告火炬在长野传递完成。她说："很高兴圣火能顺利完成传递，我带着为圣火传递成功及世界和平而跑的心情完成了自己的一棒。"

此外，日本奥委会主席竹田恒和、长野市市长鹫泽正一、北京奥组委副主席李炳华等发言，祝贺圣火成功传递。仪式上还宣读了国际奥委会主席罗格的贺词。

随后，北京奥组委执行副主席李炳华致辞说：

> 当北京奥运会圣火在希腊奥林匹亚点燃的那一刻，全世界热爱和平的人们就热情期盼圣火在全球的传递活动。今天我们高擎圣火来到了长野，目的是传播奥林匹克精神，传达中国人民和日本人民的友好情谊。日本和中国有着悠久的友好交往历史，长野和石家庄市是友好城市。今天奥运圣火的传递将把我们两国和两市人民再次紧密地联系在一起。

李炳华表示，再过 104 天北京奥运会就将开幕，北京奥组委有信心举办一届"有特色、高水平"的体坛盛会。

北京奥组委和中国驻日使馆还分别向日本奥委会和长野市赠送了纪念火炬。

仪式结束后，长野市组织了小学生乐队表演、啦啦队歌舞、日本传统器乐演奏等助兴节目，更添喜庆气氛。

此次奥运圣火传递得到了日本各地华侨、华人及日本友人的大力支持。他们一大早就来到若里公园等待圣火到来，高喊"奥运加油""中国加油"等口号，并大力挥舞五星红旗，使若里公园成了一片红色的海洋。

这天晚上，北京奥运会圣火起程前往境外传递的第十七站韩国首尔。

首尔传递体现中韩友谊

2008 年 4 月 27 日，北京奥运会境外火炬传递第十七站的传递，在韩国首尔展开。韩国奥委会主席金正吉出任了第一棒火炬手。

传递活动共有包括韩国跆拳道奥运会冠军文大成、冬奥会短道速滑冠军安贤洙、羽毛球运动员郑少英、速度滑冰运动员李奎赫、奥运会马拉松冠军黄英朝及韩国演艺界明星张娜拉等 70 名火炬手参加了传递活动。

在火炬传递过程中，华人华侨为奥运圣火传递活动加油。

在 1988 年奥运会开幕式上表演滚铁环的小男孩尹泰雄，这天担任最后一棒火炬手，最终他同首尔市市长吴世勋一同点燃圣火盆。

首尔市市长吴世勋在庆典仪式上，首先用中文表示问候："你们好，祝 2008 年北京奥运会圆满成功。"接着他表示，在 1988 年韩国首尔成功承办夏季奥运会之后，20 年后的今天北京奥运会圣火在首尔成功传递，点燃了韩国人民对于奥林匹克运动的激情。传递过程中首尔人民沿途和中国的华人华侨、留学生热情欢迎北京奥运会圣火，体现了中韩两国人民之间的友好情谊。吴世勋最后祝愿北京奥运会圆满成功。

韩国奥委会主席金正吉宣读了国际奥委会主席罗格的贺词。

北京奥组委执行副主席李炳华最后致辞：

今天我们高擎奥运圣火来到美丽的首尔，就是要宣传奥林匹克精神，让全世界所有热爱和平的人们共同参与到奥林匹克运动中来，感受奥林匹克文化，体会奥林匹克精神。今天距离北京奥运会开幕103天，北京奥组委有信心举办一届"有特色，高水平"的奥林匹克盛会。北京欢迎韩国人民到北京观看奥运会的赛事，预祝韩国运动员在北京奥运会的比赛中取得优异的成绩。

随后，北京奥组委执行副主席李炳华向首尔市市长吴世勋和韩国奥委会主席金正吉赠送了北京奥运会"祥云"火炬和北京奥运会火炬传递承办证书。

传递结束后金正吉在接受记者采访时表示："能够担任北京奥运会的火炬手自己感觉非常荣幸，请世界相信中国一定将举办一届出色的奥运会。"

北京奥运圣火境外传递第十七站韩国首尔站传递，于首尔时间19时30分在韩国首尔市政厅广场圆满结束。

首尔时间22时30分，承载着北京奥运会圣火的"奥运圣火号"包机，起程前往境外传递的第十八站朝鲜首都平壤。

平壤火炬传递盛况空前

2008 年 4 月 28 日 10 时 15 分，北京奥运会火炬传递起跑仪式，在平壤主体思想塔广场举行。

平壤市民和中国使馆工作人员、中国留学生、华侨和中资机构工作人员，很早就来到现场。

他们挥舞着彩带、花束和中朝两国国旗，高举着"热烈欢迎北京奥运圣火抵达平壤""北京加油、奥运加油""中朝友谊，世代相传"等大幅标语，祝贺奥运火炬在平壤传递。

朝鲜奥委会主席朴学先在起跑仪式上发表了讲话。

第一棒火炬手是 72 岁的足球运动员朴斗益。这位在 1966 年世界杯足球赛上打进制胜一球、帮助朝鲜队进入八强的白发老人说："我没想到这么大年纪还能当奥运火炬手，尤其是第一火炬手，对此我感到非常光荣和自豪。北京奥运会是全世界亿万人民关注的体育盛事，一定能取得圆满成功。"

在中朝友谊塔下，中国驻朝鲜大使刘晓明从朝鲜火炬手手中点燃火炬后，缓步跑到友谊塔前方，向志愿军烈士默哀致敬，之后高举火炬绕友谊塔跑了一圈，再点燃下一位火炬手的火炬。友谊塔前聚集的许多观众，发出了热烈的掌声和欢呼声。

火炬传递共有 80 名火炬手参加了约 5 个小时的传递活动。途经了平壤的主要街道，沿途有许多平壤市的标志性建筑，传递路线约 20 公里。

最后一名火炬手、朝鲜著名马拉松运动员郑成玉抵达火炬传递的终点金日成体育场，在现场 3000 多名观众的掌声中，用火炬把奥运圣火盆点燃，圣火霎时熊熊燃烧起来。

平壤市民及中国使馆工作人员、中国留学生和中资机构工作人员等，爆发出热烈的掌声和欢呼声。

人们手中挥舞着朝、中两国国旗和奥林匹克五环旗，热烈祝贺传递圆满结束。

在火炬传递结束后的庆典仪式上，朝鲜奥委会主席朴学先、国际奥委会委员张雄、平壤市人民委员会第一副委员长朴炳钟、北京奥组委执行副主席李炳华分别发表了讲话。朝鲜内阁总理金英日出席了庆典仪式。

李炳华在讲话中说：“中国与朝鲜是亲密的邻邦，两国山水相连，相似的文化背景和历史经历使两国人民情感相通，亲如兄弟……金永南委员长和金英日总理在百忙之中分别出席了火炬传递的起跑和庆典仪式，数十万名朝鲜人民载歌载舞，夹道欢迎。所有这些都让我和我的同事万分感激，永生难忘。”

在传递结束后的庆典仪式上，李炳华分别向朝鲜奥委会和平壤市赠送了火炬和火炬传递承办证书。在庆典仪式上，朝鲜文艺工作者表演了丰富多彩的节目。欢快的乐曲、多姿的民族舞蹈和优美的歌声，把庆典推向了高潮。

越南传递沿途红旗漫卷

2008 年 4 月 29 日，在胡志明市中心的大剧院前广场，举行北京奥运会火炬起跑仪式。

奥运火炬在胡志明市的传递在夜间举行，熊熊燃烧的圣火映着夜空，显得更加灿烂。

在起跑仪式上，北京奥组委执行副主席李炳华将火炬交给了中国驻越南大使胡乾文，胡乾文再将火炬交给火炬手阮氏秋霞，阮氏秋霞手持火炬，开始了圣火在胡志明市的传递活动。

数百名中资机构人员、中国留学生虽然不能进入广场内观看起跑仪式，但他们自发聚集在广场出口处，挥舞着五星红旗和五环旗，为奥运圣火加油助威。

传递沿途人山人海，红旗飘飘，更有数以万计的摩托车追随圣火，在胡志明市宽敞的大街上形成一道壮观的景象。途中有上千名中资机构人员和留学生挥舞着五星红旗，高喊"北京加油"的口号为奥运圣火呐喊助威，沿途当地群众也手举奥运旗帜为圣火传递加油。

据了解，这天为北京奥运圣火传递加油助威的华人华侨来自河内等多个地方，还有来自柬埔寨、缅甸的中国留学生。

传递路线长约 13.6 公里，共有 60 名火炬手参加，其

中包括中国驻越南大使胡乾文和中国驻胡志明市总领事许明亮等。

火炬传递活动进行了两个小时后，胡志明市站最后一名火炬手、越南奥委会主席阮名泰用手中的火炬点燃圣火盆。

北京奥运会圣火国外传递的最后一站越南胡志明市的传递活动，于当地时间29日20时20分圆满结束。

在庆典仪式上，阮名泰致辞，感谢北京奥组委能将胡志明市选定为北京奥运会圣火传递的一站。

北京奥组委执行副主席李炳华在庆典仪式上致辞说："今天我们高擎奥运圣火来到了美丽的胡志明市的目的就是传播奥林匹克精神，传达中国人民对越南人民的友好情谊。我们要把和平、友谊、合作与进步的人类共同崇尚的理念带到四面八方，把中国人民愿与各国人民一起共建和谐世界、共创美好明天的心愿带给世界。"李炳华感谢胡志明市人民的友好接待，感谢近万名华人、华侨、中国留学生、中资机构代表到现场为北京奥运圣火加油。

越南政府副总理阮善仁出席了庆典仪式。

传递结束后，北京奥运会火炬接力团队执行指挥张明在接受记者采访时说："这为我们在国外所有19站的传递画了完美的句号。胡志明市的老百姓非常热情，传递沿途可以说是万人空巷。在一些路段，有些老百姓自发地拉起手来护卫圣火，这让我们非常感动。"

三、 国内传递

- 2008 年 5 月 4 日，北京奥运火炬内地首站的传递从三亚市凤凰岛出发，第一棒火炬手冬奥会第一枚金牌得主杨扬高举火炬，开始了第一站的传递。

- 8 月 4 日 14 时 30 分，奥运圣火来到四川绵阳市的九州体育馆，进行展示。绵阳市民打出了"北川依然美丽"的标语。

- 在空中奔跑的李宁来到火炬塔旁，点燃引线，巨大的火炬顿时燃起喷薄的火焰，熊熊燃烧的奥林匹克圣火把体育场上空映照得一片辉煌。

奥运火炬顺利到达港澳

2008 年 5 月 2 日 10 时 28 分，从香港文化中心广场，亚特兰大奥运帆板项目金牌得主、中国香港运动员李丽珊，从香港特区行政长官曾荫权手中，接过奥运圣火开始起跑。

奥运火炬经过海外 19 个城市的传递后，开始了在中国领土上传递的历程。

中午，北京奥运圣火全球首次龙舟传递在香港城门河进行，9 条龙舟一起竞发。在两岸一片"加油"声中，香港著名游泳运动员施幸余高举火炬，立在龙舟船头。

约 13 时 15 分，激昂的音乐声响起，载着奥运火炬手的"1 号"龙舟在 8 条龙舟、3 条赛艇的护卫下缓缓驶离石门龙舟训练中心。

在热烈的掌声与震耳的欢呼声中，多哈亚运会女子 4×100 米自由泳接力铜牌得主施幸余手持火炬跑上岸，将北京奥运火炬传递给第六十六棒火炬手、香港著名乒乓球运动员帖雅娜。

北京奥运圣火经石门龙舟训练基地、沙田马场、星光大道最终抵达金紫荆广场，全长约 25 公里。

香港各界群星云集。其中刘德华第四棒出场，是第一个参加传递的香港艺人。另外一名艺人火炬手陈慧琳，则显得更加兴奋。最后一棒火炬手、香港著名自行车运动员黄金宝，在终点金紫荆广场上将圣火盆点燃，北京奥运圣火传递香港站接力活动圆满结束。

随后，在庆典仪式上，香港特别行政区政府政务司司长唐英年致辞。接着，中国香港奥委会主席霍震霆进行致辞。北京奥组委执行副主席杨树安接着致辞。

据香港警方介绍，这天至少有 100 万香港市民自发走上街头为北京奥运会圣火加油助威。

2008 年 5 月 3 日 15 时 45 分，北京奥运火炬接力活动在澳门进行。火炬传递路程长约 27 公里，从澳门半岛渔人码头开始，经过金莲花广场、大三巴牌坊、议事亭前地、妈阁庙等半岛上的著名景点，进行一段龙舟水上传递后，再通过嘉乐庇总督大桥来到澳门的凼仔岛城区，绕一圈后经由西湾大桥回到半岛的渔人码头。

澳门道路的隔离带上、街道两旁的灯柱上，中英文字样的北京奥运彩旗、手持"祥云"火炬的福娃宣传板、"点燃激情、传递梦想"的条幅交织成一条条彩练。

在这天 3 小时的圣火接力中，共有 120 名火炬手参与了传递活动。随着火炬传递澳门站最后一棒火炬手、澳门特区立法会议员、街坊会联合总会会长梁庆庭点燃圣火盆，18 时 50 分北京奥运火炬传递活动在澳门渔人码头，圆满结束。

火炬来到内地首站三亚

2008年5月4日，北京奥运火炬内地首站的传递从三亚市凤凰岛出发，第一棒火炬手冬奥会第一枚金牌得主杨扬高举火炬，开始了第一站的传递。

在这天的火炬传递沿途，有众多具有三亚特点的文艺节目相继演出。比如在沿途也有竹竿舞等一些充分展示三亚的地域文化特色的节目。另外，还有万人太极拳表演。

在圣火传递过程中，数万名三亚市民拥上街头，夹道欢迎奥运圣火的传递。"点燃激情，传递梦想"的横幅随处可见，一面面五星红旗、奥运五环旗，迎风飞舞。

18时，在天涯海角景区天涯石广场，随着最后一棒火炬手影星成龙和三亚最南端的天涯镇女镇长蒲慧芳共同将圣火盆点燃，北京奥运圣火内地首站传递圆满结束。

5月5日7时许，在五指山三月三广场举行起跑仪式。五指山市共计半小时的传递由6名火炬手完成，他们高举奥林匹克圣火途经三月三广场、奥雅路、广场西路、山兰路、国兴路直到海榆路，行程共1.2公里。圣火到达海南第二中学门口后，则以车载的方式转场去万宁市进行传递。

5月5日，火炬开始在万宁市的传递，上午是从兴隆旅游度假区牌楼起跑的，经过 80 名火炬手的手手相传，途经兴隆大道、兴梅大道、石梅大道后，12 时，第八十六名火炬手吴仁能高擎奥运圣火抵达石梅湾。

13 时 30 分，奥运圣火在万宁市万城镇继续传递。众多市民早早赶到道路两边，为奥运圣火加油助威，街道上随处可见高挂的奥运横幅、宣传画、各色彩旗。

15 时 30 分，奥运圣火经转场，顺利到达当天传递的第三个城市琼海市。在琼海市的传递也是分为两段。第一段安排在以"博鳌亚洲论坛永久会址"闻名世界的博鳌镇。第二段是在琼海市的市区传递。琼海站传递路程总共约为 13.51 公里，历时大约两个半小时，89 名火炬手参与其中。18 时 5 分左右，最后一棒火炬手姚义德抵达终点后，现场开始庆典活动。

6 日 8 时，奥运圣火从西海岸观海台开始传递，路程约为 30.2 公里，有 208 名火炬手参与其中。海口市火炬手包括陈涛、胡海泉以及中国国家举重队男队主帅陈文斌等人。

5 月 6 日 17 时，北京奥运圣火海南海口站的最后一棒火炬手陆海鹰，手持"祥云"火炬跑进世纪广场，点燃圣火盆，奥运圣火在海南的最后一站圆满落幕。奥运圣火当晚起程赶赴下一站广州。

广东圣火传递圆满结束

2008 年 5 月 7 日，圣火从广州白云国际会议中心出发，穿过国家级风景名胜区白云山公园，经过中山纪念堂、南越王博物馆、岭南传统文化特色建筑陈家祠、北京路步行街、天字码头、海珠广场等代表广州的文化建筑和著名景点，最后到达天河体育中心南广场。

18 时整，广州站最后一名火炬手，两枚奥运会银牌得主，著名"剑客"董兆致点燃圣火盆。北京奥运会圣火广东省广州市的传递活动，在广州市天河体育馆圆满结束。

广州市市长张广宁首先致辞说：

> 今天广州市万人空巷，全市数百万人走上街头为奥运圣火加油助威，展现了南粤人民对北京奥运会的高度热情……

接着，广东省副省长林木声，北京奥组委委员叶文虎发表了致辞。

5 月 8 日，火炬来到广东省深圳市，传递活动从市民广场出发经世界之窗、红树林公园等地最终抵达深圳市体育中心体育馆，全长共 41.9 公里，共有 208 名火炬手参加了当天的传递活动。

深圳市民空前热情，100多万名市民顶着烈日在火炬传递沿途为奥运圣火加油。

18时55分，北京奥运会圣火圆满结束在广东省深圳市的传递，将起程前往下一站。

之后，北京奥运会圣火于晚上通过公路转场到广东省惠州市。5月9日，圣火从惠州市体育广场出发，经合江楼、朝京门、世纪联华等地最终抵达惠州体育馆。

传递线路总长30.1公里，共有208名火炬手参与传递活动。中国象棋特级大师吕钦作为最后一名火炬手点燃了圣火盆。

14时50分，北京奥运会火炬传递活动广东省惠州站，在惠州体育馆圆满结束。

北京奥运会广东省惠州站的传递结束后，北京奥运会圣火又通过公路转场到广东省汕头市进行传递。

5月10日8时，火炬传递在龙湖区政府广场出发，经火车站广场、汕头市体育馆、中国跳水队汕头训练基地，最终抵达汕头市人民广场。全长约36公里，共有208名火炬手参加。

16时30分，汕头市人民政府市长蔡宗泽与前奥运会跳水冠军孙淑伟共同点燃圣火盆。至此，奥运圣火广东省境内的传递活动圆满结束。

福建传递沿途群众赈灾

2008 年 5 月 11 日，火炬传递活动从五一广场出发后，途径古田路、五一路、台江码头、江滨中大道、江滨东大道后，到达罗星塔公园。

福州站的火炬接力由 208 名火炬手完成。在火炬传递路线两侧，众多的市民挥舞着奥运五环旗帜，为火炬手呐喊助威。

18 时，随着最后一棒火炬手、雅典奥运会男子举重 62 公斤级冠军石智勇高擎火炬，跑进望龙台公园庆典现场，点燃圣火盆，奥运火炬接力福州站的传递活动圆满结束。

11 时 20 分，第一〇八棒火炬手吴扬帆抵达泉州站终点海峡体育中心，奥运火炬接力泉州站传递圆满结束。

5 月 12 日 17 时 10 分，火炬传递从厦门市国际会展中心起步，沿途将经过环岛路、厦门大学、鼓浪屿等著名景点，最终到达厦门市体育中心。

随着首位羽毛球奥运冠军吉新鹏高擎"祥云"火炬跑进厦门市体育中心，点燃圣火盆，奥运火炬接力厦门站的传递活动圆满结束。

在厦门市体育中心，由国际奥委会主席罗格赠送给厦门的现代奥林匹克之父顾拜旦头像和厦门市民一起迎接了奥运火炬的到来。

奥运火炬接力团队当晚前往福建省龙岩市，福建省的最后一站奥运火炬接力第二天在龙岩上演。

5 月 13 日 13 时 10 分，随着最后一棒火炬手陈宏手持火炬跑进龙岩市长汀火车站广场点燃圣火盆，奥运火炬接力在福建省的最后一站传递圆满结束。

当北京 2008 年奥运会圣火在福建省进行传递期间，四川汶川县发生了 8.0 级强烈地震。

天灾无情，圣火传情，虽然相隔千里，参与当天龙岩站传递的火炬手们都表达了希望把自己对四川灾区的祝福与慰问传递过去。

下午的长汀火车站广场的庆典仪式现场也变成了向四川灾区捐款的现场。最后一棒火炬手、羽毛球世界冠军陈宏宣读了"支持灾区捐款倡议书"。陈宏说："地震灾情牵动着每一个火炬手的心，让我们众志成城，与灾区人民共渡难关。"

随后，北京奥组委火炬接力运行团队众多成员纷纷上台慷慨解囊。在龙岩市上杭县古田镇路旁夹道欢迎圣火的人群中，突然打出了一幅写着"汶川挺住"的大横幅标语，令在场的所有人感动不已。

江西各传递站慷慨救灾

2008年5月14日7时30分，火炬传递在叶坪旧址开始，经瑞金市委、市政府，著名红色革命景点"红井"、二苏大会址，最终抵达中央革命根据地历史博物馆。传递全长15公里，共有208名火炬手参加传递。

在庆典仪式上，赣州市委副书记、市长王平在致辞中表示，北京奥运圣火在瑞金的手手相传点燃了瑞金人民的奥运热情，传递着瑞金人民的奥运梦想。

北京奥组委火炬接力中心副主任刘宝杰代表北京奥组委，对江西省委、省政府，赣州市委、市政府，瑞金市委、市政府的精心准备表示感谢。

随后，进行了捐款仪式，江西省委、省政府向四川地震灾区捐款500万元，赣州市委、市政府捐款200万元、瑞金市委市政府捐款30万元，北京奥运会圣火运行团队所有工作人员和现场的各界群众也献上了自己的爱心。据不完全统计，瑞金站的捐款总额在800万元以上。

13时，北京奥运会圣火运行团队通过公路转场至江西省井冈山市。

5月15日，北京奥运会圣火井冈山站的传递活动从黄洋界起跑，经井冈山干部学院、茨坪毛泽东故居、井冈山革命博物馆、井冈山景观大道最终抵达井冈山新城区市政广场。全长近15公里，共有208名火炬手参加传递，其中包括作家刘震云等。

随后，在庆典仪式上，吉安市委副书记、市长曾庆红首先致辞：

> 北京奥运圣火在革命老区井冈山的传递，点燃了老区人民的奥运激情，传递着老区人民的奥运梦想……此外，当前全国各族人民正在积极投身到四川地震灾区抗震救灾的工作中，井冈山老区人民也将献出爱心尽自己的最大所能。

接着，北京奥组委火炬接力中心副主任刘宝杰致辞。

庆典仪式后，举行了抗震救灾捐赠仪式。江西省共捐款1600多万元。

12时30分，火炬结束在革命老区井冈山市的传递活动，当天晚上圣火通过公路转场至江西省南昌市。

5月16日，北京奥运圣火来到江西南昌进行传递。12时15分，南昌站最后一位火炬手简勤点燃圣火盆。

南昌市委副书记、市长胡宪在庆典仪式上致辞后，北京奥组委委员、开闭幕式工作部部长张和平致辞。

庆典仪式上，南昌市委、市政府向四川地震灾区捐款300万元，江西省、南昌市各级政府机关、各大企事业单位也为四川地震灾区捐款，捐款总额超过5000万元。

浙江传递为灾区捐款

2008 年 5 月 17 日 7 时，北京奥运会火炬接力温州站传递正式开始。

著名举重运动员、两届奥运会举重冠军占旭刚成为首棒火炬手，在起跑前，全体与会者向四川地震灾区遇难者默哀一分钟，默默为四川灾区祈祷。

在温州的传递距离为 11.66 公里，火炬手共 108 名。在 16 日举行的火炬手大会上，火炬手已经向灾区捐赠资金超过 40 万元。

9 时 30 分，北京奥运火炬接力温州站的传递活动圆满结束。随后，奥运火炬接力团队转场绍兴。

5 月 17 日 18 时，随着最后一棒火炬手、全运会赛艇冠军马建明高擎火炬跑进绍兴城市广场，点燃圣火盆，奥运火炬接力绍兴站的传递活动结束。

结束仪式上，最后一棒火炬手马建明代表绍兴站 100 名火炬手捐赠了他们的爱心善款。绍兴站的 100 名火炬手共捐赠了 7.6 万多元。

5 月 18 日，圣火传递的起点在浙江省人民大会堂东门外广场，途经西湖博览会博物馆、柳浪闻莺、雷峰夕照等杭州的地标建筑和著名景点。杭州站共有 208 名火炬手参与传递，传递路线总长度 15.6 公里。

11 时 30 分，随着最后一棒火炬手、中国第一个获得奥运会金牌的女运动员吴小璇跑进黄龙体育馆，点燃圣火盆，奥运火炬接力杭州站的传递活动圆满结束。

结束仪式上，吴小璇代表 208 名火炬手向四川地震灾区捐款 50 多万元。杭州市向地震灾区捐款已超两亿元。

5 月 19 日到 21 日，全国哀悼四川汶川大地震中遇难同胞，奥运火炬传递暂停 3 天。5 月 22 日奥运火炬传递活动在浙江省宁波、嘉兴继续进行。

5 月 22 日 6 时，起跑仪式在北仑港四期码头举行。上万民众聚集在北仑港四期码头周围。起跑前，全体与会者向汶川大地震遇难者默哀一分钟，北仑港四起码头上，数万人默默为地震灾区祈祷。另外，在沿途悬挂"一方有难，八方支援""团结一致，众志成城"等横幅并设置募捐箱，方便市民捐款。

12 时，宁波站的最后传递路段在杭州湾跨海大桥举行，最后一棒火炬手、杭州湾跨海大桥建设者代表严宏军完成传递，奥运火炬接力宁波站传递圆满结束。

5 月 22 日，嘉兴站的起跑点设在嘉兴南湖七一广场。奥运火炬在嘉兴传递的路线为 8.2 公里，火炬手共 90 名。16 时 25 分，随着嘉兴站最后一棒火炬手、巴塞罗那奥运会乒乓球男子双打冠军吕林高擎奥运火炬，跑进嘉兴体育场，点燃圣火盆，奥运火炬接力嘉兴站的传递活动圆满结束。

在完成了嘉兴站的传递之后，奥运火炬接力团队当晚前往上海，并展开为期两天的圣火之旅。

上海传递接受各界捐献

2008 年 5 月 23 日，在火炬传递起跑前，所有现场人员向地震遇难者致哀。火炬传递沿途悬挂着抗震救灾的宣传横幅和标语，并接受市民捐款。

上海段传递活动共有 416 名火炬手、101 名护跑手参加。奥运会冠军庄泳跑第一棒，1984 年洛杉矶奥运会跳高铜牌获得者朱建华跑最后一棒。

火炬手中，有孙雯等著名运动员、上海世界特奥会形象大使赵曾曾、文艺界人士王汝刚等。火炬手中外籍人士共有 44 名，分别来自美国、英国、澳大利亚、法国、瑞士、加拿大、菲律宾、马来西亚、叙利亚、韩国等。叶惠德等三名台商和香港商人罗康瑞也参加了火炬传递。火炬手中年龄最大的是 80 高龄的卞月娥，年龄最小的是 15 岁的上海市十佳少先队员蔡言嘉。值得一提的是火炬手中有 4 名参与抗震救灾的前线将士。

上海站的火炬传递采取人跑传递和车辆转场相结合的方式，总传递路线共约 200 公里。

北京奥运会圣火上海站的传递活动共历时两天，5 月 23 日传递路线是：火炬传递起跑点为上海博物馆北广场，结束仪式在浦东陆家嘴的滨江公园，途经黄浦区、卢湾区、杨浦区、浦东新区。在经过了浦江两岸的中心区传递之后，最后一棒火炬手秦文波点燃圣火盆。

上海市委副书记、上海市市长韩正与北京奥组委委员孟宏伟共同展示火种灯，在众人瞩目下，圣火盆缓缓熄灭。在庆典仪式上，上海市人大常委会主任刘云耕致辞说：

> 上海人民怀着激动的心情迎接奥运圣火的到来，共同点燃圣火激情传递奥运梦想。我们高擎奥运圣火，心中深情牵挂四川灾区的人民。上海人民将和灾区人民一道齐心协力，抗击灾害，共渡难关，重建家园。

北京奥组委委员孟宏伟感谢上海市委、市政府在北京奥运会火炬接力活动中进行的精心准备。

23日，火炬传递结束仪式后，参与上海站传递的火炬手与各行各业代表，争相为四川地震灾区人民捐款。

5月24日下午，北京奥运会圣火上海站的传递活动，在嘉定区汽车会展中心圆满结束，历时两天。上海站在结束仪式时还举行了赈灾活动，向灾区人民奉献爱心。

上海市政协副主席钱景林在仪式上致辞时表示：

> 今天北京奥运会圣火在上海手手相传极大地点燃了上海人民的奥运热情。目前上海人民正在全力为四川地震灾区的重建工作努力着，奥运圣火的传递将使上海人民更加努力。

江苏传递高悬赈灾标语

2008 年 5 月 25 日，苏州市的传递活动起跑仪式，在苏州高新区苏州乐园门前广场举行。

6 时，已有众多民众聚集在苏州乐园门前广场周围，为奥运火炬接力加油。在第一棒火炬手起跑前，全体与会者向汶川大地震遇难者默哀一分钟，苏州乐园门前广场周围，众多民众默默为地震灾区祈祷。

参与苏州站传递的火炬手共有 104 名，其中，不仅有孙志安、胡雪峰这样的苏州籍的明星火炬手，也有撒贝宁这样的名嘴，还有举重世界冠军唐卫芳、"全国青年农民创业致富带头人"蒋学焦、全国交巡警系统"十佳执法标兵"郭晓红等。

苏州的火炬传递路线全程 19.1 公里，其中火炬手传递 8.2 公里，车队传递 10.9 公里。奥运火炬从狮子山苏州乐园出发，途经三香路、苏州市人民政府、著名的盘门三景风景区，沿着景色秀丽的古运河传递，经觅渡桥、金鸡湖路、中央公园，到达苏州工业园区世纪广场。

25 日上午穿行在东方水城苏州，数以万计的群众手持巨幅标语："传递圣火，传递关爱"，"众志成城，克难兴邦"，"传递坚强，奔向北京"……他们用此表达着对奥运的欢迎和对抗震救灾的支持。

10 时，随着苏州站的最后一棒火炬手、举重世界冠军唐卫芳手持火炬跑进苏州工业园区世纪广场，进行展示后，奥运火炬接力礼仪人员将奥运圣火引回火种灯，北京奥运火炬接力苏州站传递活动圆满结束。

5 月 25 日，奥运圣火从苏通大桥出发后，火炬转场至南通市区，89 名火炬手参与了在市区的传递活动。

为支援四川地震灾区的同胞，南通市在火炬传递的起点、沿途和结束仪式现场设立捐款箱，悬挂抗震救灾的巨幅标语。

18 时，随着最后一棒火炬手、连续两届奥运会羽毛球女双冠军得主葛菲高擎火炬跑进南通市体育会展中心体育馆，点燃圣火盆，奥运火炬接力南通站传递活动圆满结束。

5 月 26 日，火炬在泰州、扬州市进行传递。16 时 30 分，随着扬州市最后一棒火炬手王修文，跑进扬州体育公园体育馆。点燃圣火盆，奥运火炬接力扬州站传递圆满结束。随后，奥运接力团队乘车转场下一站南京市。

5 月 27 日，在南京奥体中心东广场，举行南京站的传递活动起跑仪式。起跑前，全体与会者向汶川大地震遇难者默哀一分钟，南京奥体中心东广场周围，众多民众默默为地震灾区祈祷。

10 时 30 分，随着前中国女子排球队队长孙玥高擎"祥云"火炬，跑进鼓楼公园，点燃圣火盆，奥运火炬接力南京站传递结束。

安徽传递成为爱心之旅

2008 年 5 月 28 日 8 时，火炬传递从安徽国际会展中心出发，经过繁华大道、翡翠路、政务广场、潜山路、习友路到达终点合肥体育中心体育场。

传递路线全长 10.8 公里，全程采用跑步的方式。共有 222 名火炬手在合肥市进行传递活动，平均每名火炬手的传递距离为 48 米。

10 时 10 分，最后一棒是武术项目世界冠军范雪平，他手持火炬跑进合肥市体育中心，点燃圣火盆。

合肥市委副书记、市长吴存荣在庆典仪式上致辞说，象征着生生不息、勇于拼搏奥运精神的圣火在合肥点燃，极大地激发了合肥人民的奥运热情。

北京奥组委执行副主席蒋效愚代表北京奥组委感谢安徽省委、省政府，合肥市委、市政府对北京奥运会圣火在合肥的传递进行的大量的细致的工作。

下午，北京奥运会圣火运行团队通过公路转场到安徽省淮南市，第二天奥运圣火将在淮南市和芜湖市传递。

5 月 29 日，火炬在淮南市、芜湖市进行了传递。

5 月 30 日，火炬来到了绩溪县和黄山市。北京奥运会圣火是在当天上午结束在安徽省绩溪县的传递之后抵达安徽省黄山市进行传递的。

14 时，黄山市的传递活动开始，共有 120 名火炬手参加传递，平均每位火炬手奔跑距离是 77 米。安徽省黄山市的传递活动从屯光大道环岛举行，经过屯溪北海路、黄山书院、黄口大桥最终抵达黄山市体育馆。

黄山站最后一名火炬手中国跆拳道队运动员吴静点燃圣火盆。16 时 30 分，在安徽省黄山市的传递活动圆满结束，当晚转场至湖北省武汉市。

黄山市委书记、市人大常委会主任王启敏说，北京奥运会圣火在黄山市手手相传，极大地点燃了黄山人民的奥运热情，传递着黄山人民的奥运梦想……同时也将为四川汶川地震灾区的重建工作尽黄山人民的一份力。截至目前已经捐款 3500 多万元，让奥运圣火之光温暖灾区人民，让奥运圣火的和谐之旅，成为爱心之旅。

安徽省委常委、宣传部部长臧世凯表示，经过三天的传递，北京奥运圣火在安徽省进行了合肥、淮南、芜湖、绩溪、黄山 5 个城市的传递活动，这极大地激发了安徽全省人民的爱国热情和奥运热情。

北京奥组委圣火使者、速度滑冰世界冠军叶乔波代表北京奥组委对安徽省委、省政府，绩溪县委、县政府，黄山市委、市政府为北京奥运会火炬传递活动进行的大量准备工作表示衷心的感谢。

安徽省委副书记王明方宣布：北京奥运会火炬接力安徽境内传递活动圆满结束。

湖北顺利完成火炬传递

2008 年 5 月 31 日，北京奥运火炬传递起跑仪式，在武汉市黄鹤楼公园举行。

起跑前，全体与会者向汶川大地震遇难者默哀一分钟，黄鹤楼公园周围众多民众默默为地震灾区祈祷。整个传递活动以"奥运圣火荆楚行、鄂川人民心连心"和"和谐之旅"为主题，而先前安排在起跑仪式和结束仪式上的文艺表演被取消。

武汉站的火炬接力将穿过作为武汉市标志的"万里长江第一桥"武汉长江大桥，向首义广场进发，广场内有辛亥革命建筑遗址红楼、武昌首义纪念馆、孙中山铜像、黄兴拜将台等景点。

火炬沿着内环线，到达洪山广场——武汉市大型开放性广场，也是武汉著名的全民健身开放场所。

随后，火炬经过湖北省政府来到放鹰台，这里可以让人一览中国最大的城中湖东湖的山水美景。

接着，火炬将经过武汉长江二桥从武昌到达汉口。武汉的火炬传递预计在美丽的汉口江滩结束。

12 时，随着奥运会体操冠军李小双点燃汉口江滩三峡石广场的圣火盆，奥运火炬接力武汉站的传递结束。

6 月 1 日，火炬接力的起跑仪式在宜昌和平公园举行。6时，已有众多民众聚集在和平公园周围，为奥运火炬接力加油助威。

起跑前，全体与会者向汶川大地震遇难者默哀一分钟，和平公园周围众多民众默默为地震灾区祈祷。

宜昌站的传递活动分为宜昌市区和三峡坝区两个部分，由208名火炬手完成。奥运火炬从和平公园出发后，途经沿江大道、西陵一路、东山大道、云集路，到滨江公园结束在宜昌市区的传递部分。

随后，奥运火炬团队转场至三峡坝区。奥运火炬接力在秭归屈原祠广场开始后半段的传递活动，途径凤凰路、滨湖路、长宁大道、屈原路、平湖大道、三峡工程附坝、三峡大坝、江北185平台、五级船闸、覃家沱大桥后，最终抵达终点左岸电厂观景台。

12时15分，随着宜昌站最后一名火炬手曹广晶高擎"祥云"火炬跑进三峡左岸电厂观景台，点燃圣火盆，奥运火炬接力宜昌站的传递顺利结束。

6月2日7时，已有众多民众聚集在金凤广场周围，为奥运火炬接力加油助威。起跑前，全体与会者向汶川大地震遇难者默哀一分钟，金凤广场周围众多民众默默为地震灾区祈祷。

11时，随着最后一名火炬手、荆州市常务副市长黄建宏高擎"祥云"火炬，跑进沙隆达广场结束仪式现场，点燃圣火盆，北京奥运火炬荆州站传递活动圆满结束。至此，奥运火炬接力在湖北省三城市的传递活动顺利结束。

湖南传递激情燃遍三湘

2008 年 6 月 3 日 8 时 45 分，北京奥运圣火湖南岳阳站的传递活动起跑仪式，在岳阳楼前举行。

仪式开始前，所有到场的来宾和各界群众为在四川汶川地震中遇难的同胞默哀一分钟。

北京奥组委执行副主席王伟出席起跑仪式。岳阳市委书记易炼红说，奥运圣火在岳阳传递必将点燃古城岳阳人民的奥运热情，传递着岳阳人民的奥运梦想。

湖南省副省长甘霖表示，北京奥运圣火开始在"三湘"大地传递，将极大地激发湖南人民奋勇向前的一种精神。

北京奥组委火炬接力中心副主任林晓华点燃火炬，交给了第一棒火炬手中国工程院院士、"水稻之父"袁隆平，至此拉开了火炬传递活动的序幕。

北京奥运会圣火传递岳阳站从岳阳楼出发经滨湖风景带、岳阳大道，在中午到达南湖广场，下午圣火转场到汨罗进行传递。羽毛球世界冠军龚智超、著名艺人李宇春等担当了火炬手。

15 时 45 分，在汨罗进行庆典仪式，湖南岳阳站最后一名火炬手、湖南省副省长甘霖手持火炬点燃圣火盆。

在结束岳阳站的传递活动之后，北京奥运圣火运行团队赶往长沙，第二天在长沙进行传递。

6月4日，北京奥运会圣火湖南长沙站的传递活动上午从爱晚亭出发经东方红广场、湖南大学、银盆岭大桥等地，最终抵达贺龙体育场。

传递路线全长100.8公里，其中公路转场80公里，实际传递路线20.8公里，共有208名火炬手参加传递。

当天，长沙各界群众夹道欢迎圣火的到来，火炬接力线路两旁飘扬着大大小小的彩旗。

长沙街头随处可见"传递圣火，奉献关爱""一方有难，八方支援""团结一致，众志成城""长沙汶川两地情，我们都是一家人"等标语，让人感动。

湖南大学校长、中国工程院院士钟志华作为最后一名火炬手点燃圣火盆。下午，圣火将转场至湖南省湘潭市和韶山传递。

6月5日，北京奥运会圣火湖南湘潭站传递从东方红广场出发经湘潭大学体育馆、韶山市红太阳广场、迎宾路、故园路、毛主席故居最终抵达毛主席铜像广场，总里程79.1公里，其中车辆转场路线60.3公里，实际传递路线18.8公里，共有208名火炬手参加。

湖南消防总队长沙消防支队特勤中队蒋爱兵作为最后一名火炬手点燃圣火盆。

随后，北京奥运圣火结束湖南湘潭和韶山站的传递活动，晚上北京奥运会圣火通过公路转场的方式赶赴广西桂林市进行传递。

广西壮族自治区的火炬传递

2008 年 6 月 6 日，在桂林国际会展中心广场，举行桂林站传递活动的起跑仪式。

桂林是奥运火炬接力进入中国西部地区传递的第一站，这也是奥运火炬首次在少数民族自治区境内传递。

在 208 名火炬手中，1996 年亚特兰大奥运会 59 公斤级举重冠军唐灵生跑第一棒。

"祥云"火炬从桂林国际会展中心出发后，经过七星公园、漓江、叠彩山、木龙湖、桂湖、杉湖、象鼻山等桂林经典山水景区景点，集中展示了桂林山水风光和城市建设、生态建设的成果。桂林站的整个传递路线全长 15 公里，208 名火炬手参与了传递活动。

在奥运圣火火种回收仪式和火炬传递沿途的七星公园东门小广场、木龙湖小广场、漓江剧院门前和象山广场设立募捐点，桂林市组织火炬手和桂林社会各界为地震灾区募捐善款活动。

另外，刚刚从抗震救灾一线归来的桂林市消防支队司令部上尉参谋王利、桂林市消防支队特勤大队代理副中队长黄尚文也作为火炬手参加了传递活动。漓江导游之花刘艺霞、培养出奥运跳水冠军李婷的基层教练唐更生也参加了火炬传递。

11时30分，随着最后一棒火炬手、亚特兰大奥运会64公斤级举重季军肖建刚高擎奥运火炬跑上桂林市体育中心结束仪式台，点燃圣火盆，北京奥运火炬接力桂林站传递圆满结束。

6月7日8时，已有众多民众聚集在民族广场周围，为奥运火炬接力加油助威。

9时15分，北京奥运火炬接力南宁站传递正式开始。洛杉矶奥运会举重冠军吴数德成为第一名火炬手。

起跑前，全体与会者向汶川大地震遇难者默哀一分钟，民族广场周围众多民众默默为地震灾区人民祈祷。

在火炬传递的起点、终点和沿途，即民族广场、五象广场、会展中心，南宁市特意增设了四川地震灾区捐赠点，开展迎奥运火炬传递爱心捐赠活动。其中民族广场、五象广场还设立了两个捐赠箱。

12时15分，随着最后一棒火炬手、广西短跑名将陈文忠高擎奥运火炬跑进南宁国际会展中心，点燃圣火盆，奥运火炬接力南宁站传递活动圆满结束。下午，北京奥运火炬接力团队，通过公路转场前往广西百色。

6月8日，奥运火炬接力从百色平果县文化公园出发，途经城龙路口、铝城大道、平果铝大桥等，最终抵达平果铝厂区门前。传递路线全程约为7公里，86名火炬手参与了传递。16时30分，随着最后一名火炬手王军将设在百色起义纪念碑广场上的圣火盆点燃，奥运火炬接力百色站的传递圆满结束。

云南传递汇成爱心海洋

2008 年 6 月 9 日早上，昆明下起了蒙蒙细雨，奥运火炬起跑仪式在昆明世博园内世纪广场举行。

当拥有"亚洲长跑皇后"的著名运动员钟焕娣高擎火炬进行第一棒传递后，由 208 名火炬手传递下去，他们传承着全人类共有的梦想，传递全国人民对四川地震灾区的爱心。奥运圣火所到之处，都受到群众的热烈欢呼和呐喊，繁花似锦的春城，汇聚成了激情和爱心的海洋！

昆明传递路线全长 8300 米，随后，火炬在世博园内传递 4000 米，圣火在世博园正门展示后转场沿三环东路、昆洛路、广福路，到达滇池路滇池旅游度假区管委会入口。转场后，火炬从滇池路滇池旅游度假区管委会入口开始传递，沿滇池路、西贡码头、康怡休闲园、云南民族村滇池大舞台举行结束仪式。

火炬传递路线上，热情的云南人民打出了"同一个世界，同一个梦想""支持灾区，重建家园""昆明与汶川携手，爱心与圣火同行""爱心传递希望，圣火光耀昆明""汶川大救援，云南大行动"等标语，表达了云南人民对圣火的期盼，对四川灾区的牵挂。

上午 11 时 41 分，随着最后一棒火炬手、云南著名体操运动员蒋绍敏在云南民族村滇池大舞台点燃圣火盆，奥运火炬接力昆明站传递活动圆满结束。

6月10日，丽江站的首棒火炬手是来自四川灾区羌族的张紫兰和丽江当地纳西族的和震生，当这两名学生高举奥林匹克圣火，携手并肩启动奥运圣火在丽江的传递时，也点燃了丽江118万各族儿女沸腾的激情。

随后，火炬接力沿丽江市人民广场、香格里拉大道南段、玉龙县政府、世界记忆遗产公园、丽鹤路口、甘海子丫口、甘海子环线入口、甘海子环线，最后到达甘海子1号停车场。传递路线全长8.9公里。

10时59分，随着丽江市政府副市长杨一奔在丽江玉龙雪山甘海子1号停车场点燃圣火盆，以"燃情岁月灿烂丽江"为主题的北京奥运火炬接力丽江站传递活动圆满结束。

下午，北京奥运火炬接力团队转场前往云南传递的第三站香格里拉，奥运火炬接力境内传递进入第一个藏区。

6月11日，起跑仪式在香格里拉体育中心举行，第一位火炬手是迪庆籍全国民运会马术冠军马八金。

之后，火炬在城区和中国第一个国家公园普达措国家公园进行火炬接力。

11时48分，随着香格里拉县委书记彭耀文和云南著名中长跑运动员张国伟，在普达措国家公园点燃圣火盆，北京奥运火炬接力迪庆香格里拉站传递活动圆满结束。

贵州各族人民高喊加油

2008 年 6 月 12 日，贵阳市下起了绵绵细雨，上万市民打着雨伞、穿着雨衣聚集在起跑仪式现场周围，为奥运火炬接力加油助威。

首棒火炬手为中国探月工程首席科学家欧阳自远。另外，还有乒乓球世界冠军王家声、奥运会银牌得主肖俊等火炬手，歌手雷阿幼朵和何洁，贵阳南明老干妈风味食品有限公司董事长陶华碧等。

在这个多民族聚居的省份，12 个世居民族各有一名代表光荣地成为奥运火炬手。他们戴起银饰，穿起盛装，唱起飞歌，跳起芦笙舞，用最朴素、最隆重、最古老也最热烈的方式，迎接奥运圣火。

虽然小雨一直下个不停，但火炬接力路线沿途依然有众多市民热情地为"祥云"加油助威。

贵阳的火炬传递路线全程 16.9 公里，分为两个阶段。第一段传递从贵阳市人民广场出发后，沿贵阳最繁华的商业区邮电大楼、大十字、喷水池展开传递，此段共有 28 名火炬手参与。之后，整个火炬接力团队乘车前往小关桥头。从小关桥头，展开第二段传递，最后到达贵阳市政中心市民广场，此段共有 180 名火炬手参与。

10 时 40 分，随着最后一棒火炬手、贵阳市市长袁周跑进市政中心市民广场，点燃圣火盆，奥运火炬接力贵阳站的传递圆满结束。

奥运火炬接力团队当天下午乘车前往下一个传递城市贵州省凯里市。6月13日8时15分，火炬接力凯里站传递正式开始。起跑仪式设在朗德上寨铜鼓坪。朗德上寨位于黔东南苗族侗族自治州雷山县，依青山傍碧水，是黔东南最早对外开放和最著名的苗寨之一。

黔东南州第一位参加奥运会的体操运动员、土家族姑娘林丽成为首棒火炬手。

众多苗族民众身着民族传统服装，聚集在朗德上寨周围，为奥运火炬接力加油助威。在火炬接力沿途，身着本民族特色服饰的各族同胞围满沿途两旁，他们挥舞着奥林匹克旗帜，高呼"奥运加油"。

11时45分，随着最后一棒火炬手高擎火炬跑进凯里民族体育场，点燃圣火盆，奥运火炬接力凯里站传递圆满结束。

6月14日，奥运火炬接力从遵义会议会址出发，途经子尹路、石龙路、凤凰南路、凤凰山文化广场、红军烈士纪念碑、凤凰北路、上海路、遵义师院、天津路、南京路，最终抵达汇川体育场。曾经参加过长征的93岁高龄老红军王道金成为遵义站的首棒火炬手。

9时50分，最后一棒火炬手、贵州茅台酒厂党委书记袁仁国，跑上汇川体育场的火炬接力结束仪式台，点燃圣火盆，北京奥运会火炬接力遵义站传递圆满结束。

重庆传递彰显两大主题

2008 年 6 月 15 日 8 时 10 分，围棋世界冠军古力跑下金山广场的主席台，拉开了北京奥运火炬接力重庆站传递的序幕。

这次传递，共有 208 名火炬手，高举奥运火炬，体验着手持"祥云"的荣耀，开始了"点燃激情传递梦想"和"众志成城抗震救灾"为口号的重庆主城区"和谐之旅"。

重庆奥运火炬将跨越嘉陵江、长江，全程 17 公里，其中火炬手传递距离 11 公里，车载距离 6 公里。运行时间约为 2 小时 40 分钟。

传递路线为金山广场、金渝大道、爱加丽都、鸳鸯立交、金开大道、蓝湖郡、棕榈泉、北部新区支队、金科天湖美镇、川剧院、黄山大道、星光大道、北部之门、上清寺转盘、人民路、人民广场入口、人民广场、人民大礼堂。

火炬传递路线上，热情的重庆人民打出了"同一个世界，同一个梦想""支持灾区，重建家园""川渝兄弟是一家，携手同心共渡难关"等标语，表达了重庆人民对圣火的期盼之情，对四川灾区的无限牵挂。

6 月 16 日 10 时 30 分，人民大礼堂内已座无虚席，随着大屏幕播放的火炬直播，现场爆发出阵阵雷鸣般的掌声。

10 时 30 分，圣火团队跑入了会场，现场再次爆发热烈的掌声。随着最后一棒火炬手、全国拳击冠军李斌在人民大礼堂点燃圣火盆，奥运火炬接力重庆站传递活动圆满结束。

北京奥组委执行副主席蒋效愚，重庆市委常委、市政府副市长黄奇帆，重庆市委常委、宣传部部长何事忠等领导出席了结束仪式。

结束仪式上，北京奥组委向重庆市赠送了奥运火炬和火炬传递承办证书，重庆市副市长谢小军代表重庆接受了这一殊荣。

下午，北京奥运火炬接力团队转场前往新疆，"和谐之旅"第二天前往乌鲁木齐继续进行。

新疆火炬传递圆满结束

2008 年 6 月 17 日，天气晴朗，乌鲁木齐站的起跑仪式在乌鲁木齐市人民广场举行。

人民广场一直是乌鲁木齐政治、文化、娱乐的中心，是自治区和乌鲁木齐市两级政府举行重大集会和庆典的主要场所。人民广场南侧矗立着解放军进军新疆纪念碑，占地面积 900 平方米，总高度为 32.6 米。

众多民众聚集在人民广场和火炬传递沿线周围，为奥运火炬接力加油助威。

起跑前，全体与会者向汶川大地震遇难者默哀一分钟，人民广场上众多民众默默为地震灾区人民祈祷。

新疆拳击运动管理中心教练阿不都西库·米吉提是乌鲁木齐站的第一名火炬手。

奥运火炬接力从乌鲁木齐人民广场出发后，经过乌鲁木齐市人民广场解放纪念碑、南门人民剧场、西大桥、红山、人民公园、新医路、新疆体育中心等景区景点。全程 12.5 公里，208 名火炬手参与了传递。

在传递过程中，各族人民身着节日的盛装迎接奥运火炬接力在乌鲁木齐市的传递，并通过在传递沿线表演欢快、优美、极富民族文化特色的舞蹈，充分展示了对奥运的期盼和热烈的心情，体现了乌鲁木齐及新疆多民族文化融合的特点。

11 时 53 分，随着最后一棒火炬手、雅典残奥会射箭项目金牌得主王燕红点燃设在新疆体育中心的圣火盆，奥运火炬接力乌鲁木齐站传递顺利结束。

下午，奥运火炬接力团队包机转场喀什。

6 月 18 日，喀什站的起跑仪式于 9 时 50 分在艾提尕尔广场举行。11 时 25 分，最后一棒火炬手、2003 年新疆大地震中"不倒的脊梁"达吾提·阿西木点燃设在喀什市人民广场的圣火盆，奥运火炬接力喀什站传递也随之顺利结束。

下午，奥运火炬接力团队通过包机转场石河子市。6 月 19 日 9 时 45 分，在石河子站世纪公园广场举行传递活动。起跑仪式现场，举行了 106 名轮滑手和 150 人太极扇表演。早在清晨 8 时，就有众多民众来到世纪公园广场和传递线路两旁，为火炬接力加油助威。

10 时 50 分，随着第一〇四棒火炬手、全国巾帼建功标兵高玲玲跑到石河子市游憩广场的结束仪式现场，点燃圣火盆，石河子市的传递圆满结束。

19 日 16 时 50 分，最后一棒火炬手、昌吉州民族歌舞剧团副团长马柯湘，点燃昌吉市亚洲中心广场的圣火盆，奥运火炬接力在天山北麓昌吉市的传递圆满结束。

昌吉站是奥运火炬接力在新疆维吾尔自治区的第四站，也是最后一站。至此，奥运火炬接力圆满结束了在新疆为期三天的传递。

西藏人民载歌载舞迎圣火

2008 年 6 月 21 日 9 时许，火炬首先从罗布林卡公园出发。在鲜艳的红旗和洁白的哈达映衬下，火炬来到了世界海拔最高、面积最大的城市天然湿地，也是全国唯一的城市内陆天然湿地拉鲁湿地。

穿过群鸟聚集的拉鲁湿地，火炬沿着宽阔的马路一直向南，沿线的拉萨城区日新月异。

特意赶来迎接火炬的拉萨市民次仁卓玛说："拉萨越来越漂亮，我们满怀骄傲之情迎接火炬的到来。"

最后，火炬来到了布达拉宫广场。随着两火种的会合，欢快的音乐声响起，藏戏表演团队随着音乐欢歌起舞，整个布达拉宫前的广场上，彩旗飞扬，彩带飘飘，整个广场顿时成了激情、爱心和欢乐的海洋。"祝福北京""祝福奥运""好运中国""扎西德勒"的声音响彻拉萨！

北京奥运会圣火随后前往珠峰进行展示。火炬接力珠峰传递是奥运历史上的伟大壮举，是北京 2008 年奥运会火炬接力的重要亮点之一。由于珠峰特殊的气候环境，实施圣火登顶珠峰工作的时间跨度为 3 个多月。为了既照顾到珠峰登顶时间的不确定性、又不影响各地的传递活动，经国际奥委会批准，确定了北京奥运会火炬接力珠峰传递的安排。在2008年3月31日欢迎奥运圣火进入中国和传递活动启动仪式上，留出一个火种灯用于抵达珠峰活动。圣火在北京奥组委圣火护卫团队护送下抵达珠峰大本营。

珠峰传递火炬手团队在5月期间具备登顶气候条件的任何一天实施圣火登顶活动。5月8日，奥运圣火成功登顶珠峰，全中国乃至全世界都为之欢呼雀跃。

随后，圣火火种被送至拉萨保存，当天上午11时，与在拉萨传递的境内主火种会合。北京奥运会圣火接力拉萨站熔火仪式结束。至此，北京奥运火炬接力拉萨站传递活动圆满结束。

藏族群众达珍说："欢迎火炬到拉萨，也请火炬把我们最真挚的祝福带给北京。"

当天的火炬接力活动还赋予了传递爱心的特殊意义。愿圣火能温暖地震灾区人民的心，愿它所传播的奥运精神能激励灾区人民和全国人民众志成城，抗震救灾，重建美好家园。

北京奥组委委员、国家质量监督检验检疫总局副局长魏传忠，北京市副市长、北京奥组委执行副主席刘敬民，西藏自治区党委书记张庆黎、自治区人民政府主席向巴平措等领导出席了熔火仪式。

下午，北京奥运火炬接力团队转场前往青海，"和谐之旅"开始在格尔木上演。

青海民众欢呼火炬到来

2008 年 6 月 22 日，北京奥运圣火格尔木站起跑仪式，在盐湖广场举行。

9 时 13 分，随着可可西里的环保人物才噶传出首棒奥运火炬，171 名火炬手齐聚青藏高原腹地，开始了 7.5 公里的奥运圣火接力。

他们从盐湖城广场泰山路、柴达木路、江源路、八一路、中山路、黄河路、昆仑路、再到格尔木中心广场，一路上传递光荣和梦想，传递激情和爱心。每名火炬手所到之处，都受到格尔木人民的热情欢呼和呐喊。

经过 7.5 公里的传递后，11 时，最后一棒火炬手"全国十大杰出青年"李小松来到格尔木中心广场，点燃圣火盆，奥运火炬接力格尔木站传递活动圆满结束。

结束仪式上，蒋效愚代表北京奥组委向格尔木市赠送了火炬和火炬传递承办证书。

在圣火礼仪引回火种后，青海省领导强卫和宋秀岩共同向观众展示火种灯。结束仪式上，热情好客的格尔木人民为大家奉献了一场精彩的少数民族文艺表演。

2008 年 6 月 23 日 10 时 57 分，随着青海省首批赴四川抗震救灾医疗救援队副队长达嘎高擎象征和平、友谊、团结、进步的奥林匹克圣火，跑下起跑仪式主席台，北京奥运火炬接力开始了青海湖站的传递。162 名火炬手齐聚我国第一大内陆湖泊，开始了青海湖畔 6 公里的奥运圣火接力。

青海湖站火炬传递起跑仪式设在 109 国道 2103.8 公里处，结束仪式则在青海湖 151 景区内中心舞台处。

13 时，青海省海南州共和县切吉乡东科村党支部书记才秀加在青海湖 151 景区内中心舞台点燃圣火盆，北京奥运火炬接力青海湖站传递活动圆满结束。随后，在青海湖 151 景区内中心舞台举行了结束庆典仪式。

当天下午，北京奥运火炬接力团队转场前往西宁。

2008 年 6 月 24 日 8 时 13 分，高擎火炬的 71 岁的工程院院士吴天一在西宁市中心广场起跑，北京奥运火炬接力西宁站传递正式开始。

从西宁市中心广场，东经五四大街东段、长江路、西大街、南大街、昆仑西路、冷湖路、五四西路、新宁路，到达新宁广场。经过 8.8 公里的奥运火炬传递，291 名火炬手高举着"祥云"。

10 时 15 分，随着最后一棒火炬手、第二十五届奥运会女子 10 公里竞走铜牌得主李春秀在西宁市新宁广场点燃圣火盆，奥运火炬接力西宁站传递活动圆满结束。

至此，北京奥运火炬接力青海省传递全部结束，下午，火炬接力团队转场前往山西。

山西民众为奥运火炬加油

2008 年 6 月 25 日上午，天气晴朗，北京奥运火炬在运城南风广场举行出发仪式。众多市民来到火炬接力路线两旁，为奥运火炬接力加油助威。

洛杉矶奥运会女子手球比赛团体铜牌得主张卫红成为运城站的第一名火炬手。火炬传递途经河东东街、周西路、盐湖大道，到运城市车检中心结束。全程 9.8 公里，104 名火炬手参与了本站的传递。

运城站最后一名火炬手张应斌是一位残疾人运动员，在世界级大赛上屡创佳绩，在他点燃圣火盆后，9 时 45 分，北京奥运会火炬接力在运城市圆满结束。

北京奥运会火炬接力团队随后通过公路转场至山西省平遥县。

6 月 25 日，火炬接力在平遥的传递共分为古城外、城墙上、迎薰门广场三部分。从平遥县行政审批大楼广场出发，到平遥古城迎薰门广场结束。路线总长 5.5 公里，104 名火炬手参加传递。

在 104 名火炬手中，年龄最大的 72 岁，最小的 17 岁。其中既有长期关心平遥古城保护和发展的全球遗产基金会首席执行官杰夫·摩根，也有一路举着"祖国在我心中"的红旗赶着毛驴宣传奥运 8 年之久的平遥老百姓倪育生；有女子摔跤世界冠军王朝丽，也有身残志坚的残疾人运动员苏辉军。

16 时 25 分，最后一名火炬手、平遥县县长王建忠点燃设在平遥古城迎薰门广场上的圣火盆，北京奥运会火炬接力平遥站的传递也随之圆满结束。

6 月 26 日 7 时，太原市风和日丽，有众多太原市民来到火炬接力路线两旁，为奥运火炬接力加油助威。

太原站的起跑点设在晋祠公园前广场。奥运火炬从晋祠公园前广场出发后，山西籍的著名歌手谭晶成为太原站的第一名火炬手。

火炬传递沿古唐路、迎宾路、新晋祠路、滨河东路、胜利街、大同路传递，至太钢集团厂区结束。火炬手传递路线全程 11.2 公里，208 名火炬手参与了本站传递。

奥运火炬接力在太钢集团厂区传递时，其中有火车传递 193 米，这是第一次以此种方式进行传递。

在 208 名火炬手中，除谭晶、郭凤莲外，还有阎维文、长治市人大常委会副主任申纪兰、百度在线网络技术有限公司董事长李彦宏、原举重世界女子冠军郭秋香等。

11 时 10 分，全国人大常委会委员、大寨集团董事长郭凤莲点燃设在太钢厂区的圣火盆，太原站传递活动圆满结束。

接着，6 月 27 日，火炬来到大同市进行传递，并圆满结束。

甘肃倒计时点燃火炬

2008 年 6 月 28 日 8 时，在甘肃酒泉观看点燃火炬仪式的上千名观众齐声高呼："10、9、8、7、6、5、4、3、2、1，点火！"奥运火炬像飞船发射那样，以倒计时方式点燃。

东风航天城副主任于本城说："独特的点火装置，是由载人航天团队按照载人航天的质量标准进行设计、制作和加工的。"

于本城说："这样的设计，体现了航天与奥运的密切关系，彰显出北京奥运会'科技奥运'的理念。"

辽阔的大漠戈壁，载人航天发射塔架巍峨耸立，塔架正面的巨型红色条幅上写着"喜迎奥运、决胜神七"8个大字。

8 时 15 分，第一棒火炬手、英雄航天员费俊龙跑步登上神舟飞船活动发射平台，高擎火炬向观众展示。

火炬传递沿途，航天人挥舞国旗、奥运会会旗和各色彩旗，高呼"北京加油""中国加油""祝福奥运""祝福航天"等口号，举起"航天大发展、祖国大繁荣""航天人和灾区人民心连心""奉献一片爱心，支援灾区重建"等横幅，并用威风锣鼓、秧歌表演、龙狮舞等多种形式尽情喝彩助威。

参加传递的火炬手当中，有76岁的中国载人航天工程首任总设计师王永志、绕月探测工程副总设计师陈炳忠等功勋卓著的航天界老专家；有"神舟一号"到"神舟六号"发射零号指挥员郭保新和来自航天战线的青年才俊；有东风航天城的普通战士和青年学生；还有来自总装备部驻川某基地的抗震救灾英模代表王普杰、杨清甫等。

王永志说："中国航天人喜迎奥运，大家决心力保奥运之后的"神舟七号"飞行圆满成功，共为祖国添光彩，为人类和平与友谊作贡献。"

聂海胜说："我将把火炬带回到紧张训练备战'神七'的战友们身边，共同分享喜悦与激情。"

9时33分，最后一棒火炬手、发射中心党委书记刘克仁接过火炬，跑步到东风广场庆祝舞台，向群众展示火炬并点燃圣火盆。

东风航天城火炬传递新闻发言人说："奥运圣火在东风航天城传递，是'更快、更高、更强'的奥林匹克精神与航天精神的融合，象征着祖国的航天事业将与奥运圣火一样，绚丽多彩、生生不息。"

7月5日，在莫高窟九层楼前广场，举行奥运圣火敦煌站传递仪式。敦煌研究院院长樊锦诗成为第一名火炬手。众多敦煌市民来到火炬接力路线两旁，为奥运火炬接力加油助威。敦煌站火炬手传递距离共7.6公里，火炬手120名。

随后，奥运火炬接力在鸣沙山月牙泉景区内进行传递，第十一名至第三十三名火炬手在此手手相接。

10 时 30 分，最后一名火炬手、酒泉市副市长塞力克点燃月影广场的圣火盆，北京奥运会火炬接力敦煌站传递圆满结束。

6 日，嘉峪关站的火炬接力起跑仪式，在嘉峪关市东湖生态旅游景区的铁人三项赛纪念碑前举行。第一名火炬手手持火炬开始传递。

众多嘉峪关市市民来到火炬接力路线两旁，为奥运火炬接力加油助威。

10 时 10 分，最后一名火炬手、嘉峪关市市长马光明点燃设在嘉峪关城楼上的圣火盆，北京奥运会火炬接力嘉峪关站传递顺利结束。

2008 年 7 月 7 日 11 时 45 分，第一名火炬手抗震救灾英模、陇南市徽县嘉陵镇政府武装部部长田宇，在中山桥桥南广场，举起火炬领跑兰州站的火炬接力。

早在 7 时，已有众多兰州市市民来到火炬接力路线两旁，为奥运火炬接力加油助威。兰州站火炬手传递距离共 15.6 公里，火炬手 296 名。

在 296 名火炬手中有致力于我国镍矿事业研究工作的中国工程院院士汤中立，从事炼油工业核心技术、催化裂化催化剂研发工作的高雄厚，回族阿訇李元珍，垒球教练马英等。

最后一名火炬手、央视主持人朱军在水车博览园，点燃圣火盆，北京奥运会火炬接力兰州站传递随之结束。

宁夏各族人民喜迎圣火

2008年6月29日8时10分，在中卫站以大漠、黄河和绿洲交汇而闻名的沙坡头景区王维雕塑广场，第一名火炬手作家张贤亮举起"祥云"火炬，领跑宁夏境内首站传递活动。

众多中卫市民早早来到火炬接力路线两旁，为奥运火炬接力加油助威。奥运火炬接力从沙坡头王维雕塑广场起跑，传递0.36公里后进行公路转场。公路转场后沿沙坡头大道向东进行跑步传递，经应理路口、南大街路口，到达文化广场举行庆典活动。传递路线长3.3公里。奥运火炬接力路线传递总长3.66公里。

参加中卫站传递的火炬手共有205名，火炬手中除有张贤亮外，还有全国"五一劳动奖章"获得者张金山、李文华，优秀运动员张添等知名人士。

9时37分，最后一棒火炬手、中卫市中冶美利纸业集团有限公司董事长刘崇喜，来到中卫文化广场，点燃圣火盆，奥运火炬接力中卫站的传递活动随之圆满结束。

奥运火炬接力团队随后转场宁夏境内第二站吴忠。

2008年6月30日，吴忠市传递的起点设在吴忠中学。现任庆华集团董事长的霍庆华成为吴忠站第一名火炬手。"祥云"火炬从吴忠中学出发后，随后途经明珠公园、四棋梁子拱北、俗有回乡瑰宝之称的马月坡寨子、新月广场等景点，最终抵达盛元广场。火炬接力路线全程5.6公里，火炬手共193名。

众多吴忠市民来到火炬接力路线两旁，为奥运火炬接力加油助威。

10时48分，最后一棒火炬手、青铜峡铝业集团有限公司总经理黄河点燃设在盛元广场的圣火盆，北京奥运会火炬接力吴忠站传递随之圆满结束。

下午，奥运火炬接力团队转场至银川。

2008年7月1日，奥运火炬接力银川站的起跑点设在新月广场。

宁夏体育运动训练管理中心射击教练祁春霞成为第一名火炬手。祁春霞说："希望通过奥运火炬在宁夏的传递，激发起人们对体育更多的热爱和关心。"

火炬接力从新月广场出发后，途经北京东路、正源北街、贺兰山路、亲水北街、北京中路等地段，最后在人民广场结束。火炬接力路线全程总长13公里，火炬手共226名。众多银川市民来到火炬接力路线两旁，为奥运火炬接力加油助威。

10时40分，最后一名火炬手、全国治沙英雄王有德点燃设在人民广场的圣火盆，北京奥运会火炬接力银川站的传递活动随之结束。

陕西老区传递圣火

2008年7月2日8时15分，北京奥运火炬接力起跑仪式，在枣园革命旧址举行。

93岁的老红军刘天佑在枣园革命旧址起跑，延安站传递正式开始。共有208名火炬手心手相传。

当天的火炬传递从枣园革命旧址，经延安干部学院、延安卫校到胜利广场，过杨家岭大桥，经圣地路到延安新闻纪念馆，过延河大桥、延百广场、宝塔桥、宝塔山入口到宝塔山广场、黄帝陵，随后从黄帝陵轩辕桥南端出发，经轩辕庙、人文初祖大殿到祭祀大殿。

12时2分，随着最后一棒火炬手延安民营企业家王西林在黄帝陵祭祀大殿点燃圣火盆，北京奥运火炬接力延安站传递活动圆满结束。

随后，在黄帝陵祭祀大殿举行了结束庆典仪式，400名演员表演了田庄锣鼓、太贤抬鼓、少儿腰鼓等精彩的节目。下午，奥运火炬接力团队转场前往陕西杨凌。

2008年7月3日8时，北京奥运火炬接力杨凌站起跑仪式在教稼园举行。

8时13分，首棒火炬手75岁的工程院院士山仑跑下主席台，传递正式开始。共有95名火炬手心手相传。当火炬传递到博览园时，在东门放飞了2008只蝴蝶。

9时26分，最后一棒火炬手燕君芳跑入杨凌国际会展中心广场，点燃圣火盆，火炬接力杨凌站圆满结束。

2008年7月3日14时3分，北京奥运圣火开始了在千年古都咸阳进行传递。113名火炬手手持熊熊奥运圣火心手相传。大街小巷歌声飞扬，欢声四起，彩旗飘扬，笑脸荡漾。

15时24分，最后一棒火炬手射击名将史红艳，在陕西中医学院体育场点燃圣火盆，"奥运圣火辉映千年古都"咸阳站圆满结束。随后，奥运圣火团队转场至西安。

2008年7月4日8时13分，原国家跳水运动员田亮在小雁塔起跑，北京奥运圣火接力开始了在古城西安的传递。

之后，奥运圣火出西安博物院西门，经朱雀大街、雁塔西路、慈恩西路、雁南一路，芙蓉西路、芙蓉南路、进大唐芙蓉园九天门，经凤鸣九天剧院、银桥飞瀑、芙蓉桥、仕女馆，绕湖一周，到达大唐芙蓉园紫云楼北广场。全程9.2公里，208名火炬手高举"祥云"火炬心手相传。

最后，在大唐芙蓉园紫云楼北广场进行结束庆典仪式。一路上，热情的西安市民在火炬大道两旁排成了长队，为北京奥运高呼呐喊。

10时10分，最后一棒火炬手拥有"亚洲最佳中锋"称号的王立彬来到大唐芙蓉园紫云楼北广场，点燃圣火盆，北京奥运火炬接力西安站圆满结束。

内蒙古各族人民传递火炬

2008 年 7 月 8 日 9 时 7 分，奥运圣火在内蒙古博物院民族团结宝鼎广场举行起跑仪式。

巴特尔作为第一棒火炬手起跑，北京奥运圣火接力开始了在塞外青城的传递。208 名火炬手高举"祥云"火炬，心手相传。

火炬沿市政府十字路口向南经东二环、国际会展中心、敕勒川大街、呼市公安局、内蒙古政府十字路口向北，然后到达终点如意开发区广场，总里程为 6.2 公里。火炬所到之处，都受到了热情好客的呼和浩特人民的热烈欢呼和呐喊。

6.2 公里的传递路线上，热情好客能歌善舞的呼和浩特人民还为大家奉献精彩的节目：新城区 200 人的满族舞、300 人的蒙古族舞，回民区 100 人的回族舞蹈、100 人的蒙古舞蹈、100 人的气功扇、50 人的威风锣鼓，玉泉区 400 人的腰鼓、120 人的安代舞、702 人的武功扇……

10 时 40 分，随着最后一棒火炬手内蒙古伊利实业股份公司总裁、全国"五一劳动奖章"获得者潘刚在如意开发区广场点燃圣火盆，北京奥运火炬接力呼和浩特站圆满结束。下午，奥运圣火团队转场前往鄂尔多斯。

9 日 8 时 30 分，鄂尔多斯市的火炬传递从著名的成吉思汗陵宫门前广场起步。起跑仪式上，多才多艺、能歌善舞的鄂尔多斯人民为大家奉献了一台精彩的演出：筷子舞、顶碗舞、太极功夫扇、马头琴演奏、民族舞蹈等等。

随后，圣火穿越成吉思汗广场至气壮山河广场，4 公里的行程结束后，乘车前往康巴什新区入口处继续传递，终点在新区成吉思汗广场，第二段行程 3.2 公里。一路上，热情的鄂尔多斯市市民在火炬经过的大道两旁排成看不到尽头的长队，满怀激情地为奥运火炬加油。

9 日 14 时，随着首棒火炬手全运会马拉松冠军胡钢军高举火炬在第一工人文化宫起跑，北京奥运火炬接力包头站传递活动正式开始。

104 名火炬手高举"祥云"火炬，心手相传。火炬沿钢铁大街向西直至阿尔丁广场，穿过这座拥有"草原钢城"和"稀土之都"美誉的城市，总传递距离约为 4.3 公里，传递主题为"文明之旅"。

14 时 57 分，随着最后一棒火炬手"草原英雄小姐妹"龙梅、玉荣在阿尔丁广场点燃圣火盆，北京奥运火炬接力包头站的传递活动圆满结束。

10 日 8 时 15 分，首棒火炬手赤峰市第一任旅游局局长、全国旅游先进工作者娜日苏高举火炬在车伯尔民俗园起跑，接力全程约 6.2 公里。

9 时 38 分，随着最后一棒火炬手赤峰市旅游形象大使斯琴高娃在玉龙广场点燃圣火盆，北京奥运火炬接力赤峰站的传递活动圆满结束。

黑龙江连续三站传递火炬

2008年7月11日，双人滑冰世界冠军张丹和张昊成为哈尔滨站第一棒火炬手，在防洪纪念塔下高举"祥云"火炬，从哈尔滨市防洪纪念塔广场出发。

火炬传递途经斯大林公园、友谊路、松花江公路大桥、太阳岛环岛，最终抵达太阳岛的太阳石广场。

众多哈尔滨市市民来到火炬接力路线两旁，为奥运火炬接力加油助威。哈尔滨站火炬手传递距离共14.86公里，火炬手208名。

在208名火炬手中，除张丹和张昊、花样滑冰名将申雪和赵宏博外，还有赴川抗震救灾的先锋、哈尔滨市公安局巡警支队支队长刘亚民，2003年抗击"非典"时期的"非典"外出会诊小组组长、现哈尔滨市第一医院副院长蒋力学，央视主持人敬一丹，歌手孙悦，中国体操队总教练黄玉斌等。

11时15分，在太阳石广场，最后一棒火炬手花样滑冰双人滑世界冠军申雪和赵宏博，共同点燃圣火盆，北京奥运会火炬接力哈尔滨站传递活动顺利结束。

下午，奥运火炬接力团队转场至大庆。

2008年7月12日，大庆站起跑仪式开始前，下起了阵雨。奥运火炬接力大庆站的起跑仪式并没有因大雨而推迟。8 时，起跑仪式在雨中正式开始。

第一名火炬手钻探集团钻井二公司 1205 队队长胡志强，在大庆油田历史陈列馆前，举起"祥云"火炬，领跑奥运火炬接力。"祥云"火炬从大庆油田历史陈列馆出发后，沿世纪大道前进，最终抵达大庆市政府楼前的时代广场。大庆站火炬手传递距离共 7.6 公里，火炬手 208 名。

众多大庆市民纷纷冒着大雨来到火炬接力路线两旁，为奥运火炬接力助威呐喊。

9 时 55 分，最后一名火炬手、大庆市中级人民法院副院长顾双彦点燃设在时代广场的圣火盆，随后奥运火炬接力大庆站传递活动在雨中结束。随后奥运火炬接力团队转场黑龙江省境内的第三站齐齐哈尔市。

2008 年 7 月 13 日，在党政办公中心广场，第一名火炬手第十届全运会女子单人滑冠军刘艳，高举"祥云"火炬开始了第一站的传递。

火炬传递经新明大街、工建路、文化大街、中华西路、游览路、湖东路，最终抵达劳动湖音乐广场。火炬接力路线全程为 7.5 公里，208 名火炬手参加传递。

9 时 50 分，最后一名火炬手、世界短道滑冰锦标赛冠军付天余，点燃设在劳动湖音乐广场的圣火盆，奥运火炬接力齐齐哈尔站传递圆满结束。这标志着奥运火炬接力在黑龙江省的全部传递活动顺利结束。下午，奥运火炬接力团队转场至吉林省长春市继续进行。

吉林传递感受火炬荣耀

2008 年 7 月 14 日 8 时 8 分，首棒火炬手中科院院士王家骐高举火炬在长春体育中心南门广场起跑，"祥云照吉林，圣火耀长春"北京奥运火炬接力长春站传递活动正式开始。

火炬从长春体育中心南门广场传出后，沿自由大路向西，在与人民大街交汇处转向南，沿人民大街前行至长春世界雕塑公园。10 时 4 分，在长春世界雕塑公园，最后一棒火炬手短道速滑世界冠军、冬奥会银牌得主王春露点燃圣火盆，北京奥运火炬接力长春站传递活动圆满结束。最后，在长春世界雕塑公园举行结束庆典仪式。

218 名火炬手在长春心手相传，在 9 公里的传递路途中，体验高举"祥云"的荣耀。

下午，奥运圣火团队又转场前往松原。

2008 年 7 月 15 日 7 时 18 分，首棒火炬手在松原市奥林匹克文化公园起跑，"查干湖畔迎奥运圣火，马头琴齐奏激情绽放"北京奥运火炬接力松原站传递活动正式开始。

110 名火炬手高举"祥云"火炬，心手相传，传递松原 280 万各族人民对八方宾朋的热烈欢迎。

火炬从松原市奥林匹克文化公园传出后，经松原大路、乌兰大街、石油广场、中国石油吉林油田公司大楼、松原市委、松原市人民政府、沿江路、五色广场、松原松花江大桥、东镇广场。最后，在松原市东镇广场举行收火仪式。

8时47分，最后一棒火炬手国家演员柏青跑向松原市东镇广场。"圣火耀松原，激情映东镇"北京奥运火炬接力松原站传递活动圆满结束。随后，奥运圣火团队转场前往吉林市。

2008年7月15日14时6分，首棒火炬手第六届亚冬会滑雪短距离冠军王春丽，从吉林市政府门前广场起跑，北京奥运火炬接力吉林市站传递活动正式开始。

108名火炬手将高举"祥云"火炬，心手相传。

火炬以吉林市政府前广场为起点，经松江中路、江城广场、松江东路、江湾大桥、滨江路，至终点风帆广场。全程7.7公里，全部沿松花江岸传递。

15时23分，最后一棒火炬手吉林化纤集团有限公司董事长王进军，在风帆广场点燃圣火盆，北京奥运火炬接力吉林省吉林市传递活动圆满结束。随后，奥运圣火团队转场前往延吉市。

2008年7月16日15时45分，随着最后一棒火炬手国际象棋世界冠军谢军，在金达莱广场点燃圣火盆，北京奥运火炬接力延吉站传递活动圆满结束。

辽宁传递多位名人接力

2008 年 7 月 17 日，沈阳火炬接力线路起点设在凤之翼广场。这里是沈阳市世博园主入口广场，建筑面积 4168 平方米，主塔高 72 米，"凤翼"长 210 米，中间贯穿 10 根斜拉钢索，建筑整体造型如凤凰展翅，主塔下方是 1000 平方米的大型音乐喷泉广场。

沈阳站的第一名火炬手是"中国奥运第一人"刘长春之子、大连理工大学教授刘鸿图。

火炬手传递路线全程 10.08 公里，共有 241 名火炬手参加传递。在 241 名火炬手中，有柔道世界冠军庄晓岩、冬奥会自由式滑雪冠军韩晓鹏、射击奥运冠军李玉伟、世界竞走冠军高红苗、辽宁省柔道队总教练刘永福、辽宁盼盼男篮主教练郭士强和前国家男篮主教练蒋兴权等体育名人。著名演艺界人士赵本山也参加了沈阳站的传递活动。

10 时 16 分，最后一名火炬手点燃设在棋盘山冰雪大世界广场的圣火盆，北京奥运会火炬接力沈阳站传递顺利结束。下午，奥运火炬接力团队转场至鞍山市。

2008 年 7 月 18 日，鞍山站火炬传递从玉佛苑广场出发，到鞍山第一中学结束，全长 7.3 公里，共有 175 名火炬手参与传递。奥运会六朝元老、现任国家射击队总教练王义夫成为鞍山站的第一名火炬手。

在175名火炬手中，除王义夫外，还有女子柔道奥运冠军孙福明、雅典奥运会女排冠军宋妮娜、女子柔道奥运冠军袁华、女子举重世界冠军花菊，以及曾培养出王楠、郭跃等优秀运动员的辽宁乒乓球队总教练谷振江等体育名将。

10时，最后一名火炬手、鞍山钢铁集团公司党委副书记闻宝满点燃设在鞍山第一中学的圣火盆，北京奥运会火炬接力鞍山站传递顺利结束。下午，奥运火炬接力团队又转场至大连市。

2008年7月19日，田径名将王军霞成为大连站的第一名火炬手。参与大连站火炬接力的火炬手共208名。除王军霞外，还有女子举重奥运冠军丁美媛、女子竞走奥运冠军王丽萍、歌手孙楠、足球名将迟尚斌、李明等参与传递。

大连站火炬接力起点在金石滩发现王国主题公园，终点在中华武馆，全程9.4公里。火炬传递途经富山街、观景台、黄金海岸、金湾大桥、中心大街、蜡像馆，以及影视艺术中心等景点和街道。

10时4分，在金石滩国家级旅游度假区中华武馆，最后一名火炬手、大连市市长夏德仁点燃圣火盆，北京奥运会火炬接力大连站传递顺利结束。

下午，奥运火炬接力团队转场至山东省青岛市继续进行。

山东人民激情传递迎奥运

2008 年 7 月 21 日 8 时 10 分，首棒火炬手巴塞罗那奥运会女子帆板银牌获得者、中国第一个帆板世界冠军张小冬在奥帆中心丈量大厅码头起跑，北京奥运圣火接力开始了在青岛的传递。

259 名火炬手高举"祥云"火炬，心手相传，火炬所到之处，受到热情好客的青岛人民的热烈欢呼和呐喊。

火炬开始传递之后，第四棒到第七棒由郭川、刘卫、王宝琪和陆会胜担任，火炬手在奥帆中心水域乘坐"青岛号"大帆船，进行一公里海上的传递。

随后，第八棒火炬手青岛奥帆委副主席兼秘书长孙立杰开始陆上跑步传递。火炬经东海路、宁夏路到青岛大学，然后经由高雄路、香港中路至市政府门前。

此后，火炬将从山东路再转至东海路，沿东海路至太平角六路后转香港西路，最后沿香港西路、正阳关路、南海路最终在第一海水浴场举行收火仪式。

14.5 公里的传递途中，热情的青岛市民在火炬大道两旁排成了长队，为奥运火炬高呼呐喊。

11 时 8 分，随着最后一棒火炬手——青岛市市长、青岛奥帆委主席夏耕跑进第一海水浴场参加收火仪式，北京奥运火炬接力青岛站传递活动圆满结束，奥运圣火团队转场前往临沂。

17时，奥运火炬接力开始在临沂市的传递活动。起点小埠东广场旁边是亚洲第一橡胶坝，沂河水从此经过，养育着沂蒙山老区人民，途中经过体现革命精神的沂蒙广场，终点凤凰广场是人们休闲娱乐的地方。

7月22日8时，奥运火炬接力开始在曲阜市的传递活动。正式传递活动开始前，圣火穿过黄瓦、红墙、绿树进入孔庙大成殿进行展示，并举行起跑仪式，然后在明故城仰圣门前开始传递，终点在孔子列国行迎宾塑像前。传递活动约1小时40分钟。

15时30分，在泰安市体育中心广场举行起跑仪式，终点在泰山脚下的天地广场结束。奥运火炬还"登"上了泰山进行展示，奥林匹克精神与泰山所承载的自然风光、人文意蕴交相辉映。传递活动约1小时15分钟。

7月23日8时，奥运火炬接力开始在济南市的传递活动。首棒火炬手巩晓彬高举"祥云"火炬在山东省体育中心体育馆前广场起跑。

经过包括邢慧娜、林伟宁、吴敏霞、乔云萍、高建敏、王峰、郭晶晶等众多世界冠军、奥运冠军在内的243名火炬手心手相传后，10时45分，最后一棒火炬手跳水世界冠军郭晶晶和王峰，在齐鲁软件园点燃圣火盆，北京奥运火炬接力济南站传递活动圆满结束。

郭晶晶说："今天，我用昂扬的姿态来诠释中国的奥运。我祝愿中国奥运激情飞扬，感动世界！"

河南传递弘扬灿烂文化

2008 年 7 月 25 日，奥运火炬接力在河南省艺术中心广场举行起跑仪式。原中国女排奥运冠军、国家体育总局排球运动管理中心副主任张蓉芳作为郑州站第一名火炬手，跑起了第一棒。

除张蓉芳外，中央电视台新闻中心新闻主播海霞，中国射击史上第一个女子世界冠军巫兰英，郑州市乒乓球队总教练李凤朝，中国工程院院士、解放军信息工程大学校长邬江兴，河南省体育局射击运动管理中心高级教练张冰，国家女子散打队总教练刘海科，武警河南省消防总队副总队长陈新江等人士也参与了传递。另外，登封市嵩山少林寺常住院释延鲁大师，少林寺寺监释延裕等佛教人士也参与了传递活动。

火炬途经商务西五街、商务外环、通泰路、商务内环、众意路、会展路、会展广场，最终抵达郑州国际会展中心，全程 7.6 公里。

10 时 2 分，最后一名火炬手、中国工程院院士、解放军信息工程大学校长邬江兴点燃设在郑州国际会展中心的圣火盆，北京奥运会火炬接力郑州站传递顺利结束。下午，火炬接力团队转场至开封市。

2008 年 7 月 26 日，奥运火炬接力从河南大学新校区图书馆门前出发，绕河南大学新校区图书馆、综合楼顺时针一周，向南逆时针一周，随后经河南大学新校区西门而出，途经金明大道、黄河路、大梁路，最终抵达艺术中心。开封站传递路线全程 6.6 公里。参加开封站火炬接力的火炬手共 208 名。河南大学教授、央视《百家讲坛》主讲王立群为开封站第一名火炬手。

9 时 55 分，在艺术中心门前，最后一名火炬手、奥运会会徽"中国印"核心设计者张武点燃圣火盆，北京奥运会火炬接力开封站传递随之顺利结束。

2008 年 7 月 27 日，洛阳站火炬接力从隋唐城遗址西门广场出发，最终抵达体育中心体育馆，传递全程 6.9 公里。参加洛阳站火炬接力的火炬手共 208 名。当代中国书法掌门人张海成为洛阳站首名火炬手。

9 时 50 分，在洛阳市体育中心体育馆，最后一名火炬手、全国爱国拥军模范乔文娟点燃圣火盆，北京奥运会火炬接力洛阳站传递随之顺利结束。

2008 年 7 月 28 日，央视《新闻联播》栏目的主播李瑞英在安阳市文化广场，举起"祥云"火炬，领跑"七朝古都"安阳奥运火炬接力。李瑞英表示，能在家乡参与火炬接力感到万分高兴。"希望奥运火炬接力在安阳的传递，能够展示'七朝古都'安阳的悠久灿烂文化。"

9 时 45 分，最后一名火炬手、"大豆蛋白纤维"发明者李官奇点燃设在安阳市外国语中学校园内田径场的圣火盆，北京奥运会火炬接力安阳站传递顺利结束。

河北传递演绎燕赵激情

2008 年 7 月 29 日 8 时 15 分，曾经 3 次获得亚洲冠军并数次打破亚洲纪录、12 次获得全国冠军、获得第二十四届奥运会第三名的田径名将、首棒火炬手李梅素高举火炬，在西柏坡纪念馆前起跑。北京奥运火炬接力石家庄站的传递活动正式开始。

火炬所到之处，受到石家庄人民热烈欢呼和呐喊，每条传递路线上的观众都排成了长长的队伍，预计有 10 万人到现场观看了火炬传递。

奥运火炬从西柏坡纪念馆前起跑后，途经毛泽东等老一辈革命家故居和党的七届二中全会会址，共 20 名火炬手在革命圣地西柏坡参与了 1.5 公里的火炬接力。随后圣火团队沿石闫公路转场至石家庄卓达星辰广场，然后从卓达星辰广场开始，沿长江大道、裕华中路、体育南大街、中山东路至河北体育馆，共有 188 名火炬手参与这段 9.3 公里的火炬传递。共有 208 名火炬手心手相传。

12 时 23 分，在河北省体育馆，最后一棒火炬手、悉尼奥运会射击冠军蔡亚林点燃圣火盆，北京奥运火炬接力石家庄站传递活动圆满结束。

随后，石家庄艺术团体在河北省体育馆为八方来宾奉献了一场精彩的演出，演绎了燕赵儿女对奥运圣火的火热激情。

下午，奥运圣火团队转场前往秦皇岛。

7月30日8时，在山海关区老龙头景区举行起跑仪式，开始在秦皇岛市的传递。

奥运圣火途经龙海大道、港城大街、黄河道、峨眉山路、长江道、205国道、西环路、山东堡立交桥、滨海大道，全程35公里，其中火炬手传递7公里，汽车转场28公里，共有208名火炬手、52名护跑手参加火炬传递。

10时37分，在奥林匹克大道公园，最后一棒火炬手、秦皇岛市委书记王三堂点燃圣火盆，北京奥运火炬接力秦皇岛站传递活动圆满结束。下午，奥运圣火团队转场前往唐山。

7月31日8时，在唐山市体育中心主田径场举行起跑仪式，开始奥运火炬在唐山市的传递，市区传递2.7公里，59名火炬手、14名护跑手参加传递。市区传递结束后，汽车转场至曹妃甸开发区，曹妃甸开发区共有149名火炬手、40名护跑手参加传递。

唐山火炬传递分为两个阶段，即唐山市区传递和曹妃甸科学发展示范区传递。其中，唐山市区的火炬传递以"唐山祝福汶川"为主题，抗震救灾成了最大亮点。

12时5分，在曹妃甸圣岛酒店门前广场，最后一棒火炬手唐山市人民政府市长陈国鹰点燃圣火盆，北京奥运火炬接力唐山站传递活动圆满结束。至此，北京奥运火炬接力河北省传递活动全部结束。下午，奥运圣火团队前往天津。

天津传递彰显改革开放成就

2008 年 8 月 1 日，在天津港码头广场，全国劳模、天津港公司煤码头有限责任公司操作队长孔祥瑞作为天津站首名火炬手，高举"祥云"火炬，领跑奥运火炬接力，天津站首日传递开始了。

天津站火炬手传递路线全程 10 公里。在 191 名火炬手中，除孔祥瑞外，有优秀女子排球运动员、2004 年雅典奥运会冠军选手李珊，中国当代作家和画家冯骥才，著名歌手刘欢，肖邦国际钢琴大赛金奖获得者李云迪，世界武术冠军郎荣标，洛杉矶奥运会手球比赛铜牌获得者高秀敏，著名演员葛优，天津市残疾人福利基金会理事长黄其兴等。

奥运火炬接力在天津的传递活动分两天进行。首日传递在天津滨海新区的天津港、保税区、开发区三个功能区进行。奥运火炬接力从天津港码头广场出发后，依次经过天津港、保税区、开发区的多条道路，最终抵达滨海国际会展中心。

传递路线突出体现了天津滨海新区三大功能区开发建设的最新成就，展示了国际化信息港集装箱码头、滨海国际会展中心、泰达足球场等一些标志性的建筑。

1 日 10 时 20 分，在滨海国际会展中心，最后一名火炬手、天津市残疾人福利基金会理事长黄其兴点燃圣火盆，北京奥运会火炬接力天津站首日传递圆满结束。

2日，在天津奥林匹克中心体育馆前广场，全国道德模范、国家建筑工程质量最高奖"鲁班奖"获得者、天津市建工集团控股有限公司项目经理范玉恕作为当天的首名火炬手，高举"祥云"火炬，领跑天津站中心城区火炬接力。

传递活动在天津市的中心城区进行，起点设于天津奥林匹克中心体育馆前广场，终点设在天津礼堂广场。火炬手传递全程总计12公里。

在225名火炬手中，除范玉恕、王宝泉外，有北京体育大学博士生导师、北京奥组委高级项目专家孙葆丽，北京协和医院副院长、著名的妇科专家郎景和，中国大学生篮球联赛创始人、国际级裁判龚培山教授，天津市南开中学校长康岫岩，体操世界冠军董震，全运会击剑冠军朱庆元等。

11时10分，随着最后一名火炬手、天津女排主教练王宝泉跑进天津礼堂广场，点燃圣火盆，奥运火炬接力天津站中心城区传递顺利结束。

随后，奥运火炬接力团队乘机飞往四川广安继续进行传递。

四川传递高喊汶川加油

2008年8月3日7时41分，在邓小平故居陈列馆广场，首棒火炬手是在"五一二"汶川大地震中痛失10位亲人，却仍然顽强奋战在抗震救灾第一线的蒋敏，她高举火炬开始起跑，北京奥运火炬接力广安站的传递正式开始。

奥运火炬广安传递具有"伟人故里"特色，从邓小平故居陈列馆广场出发后，途经邓小平铜像广场、邓小平故里南门、广安绿色长廊、广安体育馆、中国优秀旅游城市标志，最后到达终点广安会展中心，全程7.3公里，共189名火炬手。

在火炬传递沿途，群众打出"传递圣火，爱我广安""奥运圣火我爱你""奥运雄起！中国雄起！四川雄起！广安雄起！"等标语和百幅"福"字。

2008年8月4日9时8分，随着最后一棒火炬手、广安市委书记王建军高举着奥运火炬，跑进广安会展中心点燃圣火盆后，奥运火炬接力广安站的传递活动圆满结束。随后，奥运圣火转场前往位于四川省乐山市。

4日9时4分，最后一棒火炬手四川省汶川县映秀小学校长谭国强高举"祥云"火炬，跑进峨眉山迎宾广场点燃圣火盆，北京奥运火炬接力乐山站的传递活动圆满结束。下午，分别有88名火炬手和85名火炬手在绵阳九洲体育馆和广汉三星堆博物馆进行展示。

第二天，"和谐之旅"继续在成都进行。

8月4日14时30分，圣火来到绵阳市九洲体育馆，看台上红旗招展，象征着绵阳灾区人民对奥运的欢迎和盼望。绵阳市民打出了"北川依然美丽"的标语。

8月5日8时12分，在成都出口加工区，射击世界冠军张山作为第一棒火炬手起跑，北京奥运火炬接力成都站的传递活动正式开始。

传递路线全长13.2公里，火炬手315名，经过成都出口加工区、成都世纪城国际会展中心、天府软件园等地，传递路线呈"Ω"形状。

数万名市民涌上街头在沿途为圣火加油，高喊着"奥运加油"祝福北京奥运，高呼"汶川加油"祝福灾区。在大街小巷，国旗、奥运会会旗迎风飘舞。"同一个世界，同一个梦想""爱我家乡，爱我成都""中国加油、奥运加油、四川加油""爱我成都，成都依然美丽"等各式宣传标语随处可见。

10时41分，最后一棒火炬手中国人民解放军七七一一六部队抗震英雄余志荣高举"祥云"火炬，跑进成都世纪城国际会展中心点燃圣火盆，成都站传递活动圆满结束。

北京主会场点燃奥运圣火

2008 年 8 月 6 日，北京奥运火炬传递首日起跑仪式在午门广场开始，8 时 7 分，奥运圣火在故宫午门前点燃。

北京市民早早到达传递起点，挥舞奥运旗帜，为奥运圣火呐喊助威，并在传递起跑之前，在午门前进行了精彩的文艺表演。

奥运圣火将先后在西城、东城、朝阳、石景山、丰台、宣武、崇文等 7 个城区传递，最终在天坛公园祈年殿前举行庆典仪式。

庆典仪式上，由 1320 人组成的扇舞欢迎队伍，载歌载舞迎接火炬手的到来。

7 日，传递从八达岭瓮城广场出发，先后在延庆、昌平、怀柔、密云、平谷、顺义、通州 7 个京郊区县传递，最后在地坛拜台前结束，传递距离达到 14.5 公里。

随着末棒火炬手宋祖英点燃圣火盆，北京奥运圣火第二天传递圆满结束，圣火"京郊之旅"也落下帷幕。

8 日，奥运圣火传递的起点设在周口店猿人遗址，终点是北京 101 中学奥林匹克青年营。随着末棒火炬手中科院自然科学一等奖获得者许智宏完成最后一棒接力，圣火使者收回火种，奥运圣火北京传递结束。四个半月的奥运圣火全球传递也画上句号。

8月8日23时54分，取自奥林匹亚的奥运圣火抵达国家体育场，激动人心的奥运圣火点燃仪式即将开始。

8名火炬手高擎火炬，在体育场内进行最后的传递。摘取中国奥运史上第一枚金牌的许海峰、中国第一位奥运会跳板跳水金牌获得者高敏、第一位夺得体操世锦赛个人全能金牌的中国选手李小双、中国举重史上唯一得过两枚奥运金牌的占旭刚、中国奥运史上第一枚羽毛球混双金牌获得者张军、中国首枚67公斤以上级跆拳道奥运冠军获得者陈中……手举圣火在体育场内慢跑。

9日零时整，第七名火炬手、曾为中国女排夺得"三连冠"立下汗马功劳的中国女排前队长孙晋芳举着火炬，来到体育场上的一个高台，等候在这里的著名体操运动员李宁将手中的火炬点燃。

高举火炬的李宁腾空飞翔，在体育场上空一幅徐徐展开的中国式画卷上矫健奔跑，画卷上同时呈现出北京奥运圣火全球传递的动态影像。

9日零时4分，在空中奔跑的李宁来到火炬塔旁，点燃引线，巨大的火炬顿时燃起喷薄的火焰，熊熊燃烧的奥林匹克圣火把体育场上空映照得一片辉煌。

圣火点燃，全场沸腾。绚丽的焰火腾空而起，在体育场上空辉映成七色彩虹。奔放的音乐、热烈的欢呼震耳欲聋，现场气氛达到了高潮。

本书主要参考资料

《我和你：北京奥运 17 天》新华月报社 编 人民出版社

《壮美的奥运》周兰芝编 中国人民公安大学出版社

《北京 2008 全世界体育盛会》沈伯群主编 海洋出版社

《从雅典到北京：奥运风云录》刘晓非著 清华大学出版

《挡不住的圣火》新华月报社 编 人民出版社

《光与火的撞击》叶子主编 中国广播电视出版社

《2008 北京奥运会大盘点》周丛改主编 湖北科学技术出版社